CUENTOS PARA CRECER

LA NIÑA QUE QUERÍA PINTAR ESTRELLAS

1ª edición enero de 2026

© Del texto Elisa Martínez Gómez, 2023

© De las ilustraciones Pedro Ezkurra, Alba Martínez Gómez, 2023

© Infova Ediciones 2026

Colección Cuentos para crecer

Edita Infova Ediciones

info@infovaediciones.com

Corrección:

Gonzalo García Molina

José Enrique Martínez de Miguel

Diseño y maquetación:

cantelidesign

ISBN: 978-84-940068-9-0

Depósito Legal: M-27695-2025

Impreso en España - Printed in Spain

LA NIÑA QUE QUERÍA PINTAR ESTRELLAS

Lis de Vernal

PRÓLOGO

Para ser eficaz, creo que un prólogo debe ser los modestos escalones que conducen a las grandes puertas del relato, una invitación apasionada al descubrimiento, a entrar sin titubeos en la intimidad del autor y en los vericuetos de su obra.

Pues bien, el libro que tiene en sus manos es un relato fantástico, lleno de elementos propios de la fábula. Pero también es un viaje iniciático, la descripción autobiográfica de un valiente itinerario personal que atraviesa las geografías de la infancia y la adolescencia, penetrando en sus gozos y en muchas de sus sombras, y que se precipita hacia la edad adulta.

En su empeño infatigable de alcanzar su sueño, la niña que protagoniza este relato enfrenta y vence los grandes obstáculos que acechan a todas las infancias: los prejuicios y las hojas de ruta cerradas que proyectamos los adultos; la triste uniformización a la que conduce la presión de grupo; la sensación de no ser visto, de resultar transparente y prescindible; la difícil vivencia y aceptación de la diferencia; el temor a no encajar y el profundo sufrimiento que produce el sentirse rechazado.

El milagro es que Lis de Vernal terminó de escribir este relato iniciático a la edad de 18 años. La sabiduría y la luz que contienen muchas de sus reflexiones confirma que la madurez no es el resultado natural del paso de los años, sino más bien el regalo que a cualquier edad nos da una vida verdaderamente atenta, plenamente consciente.

En este libro, Lis ofrece a los jóvenes lectores compañía para los momentos en que el camino resulte demasiado oscuro, demasiado solitario, y fallen las fuerzas. También esperanza y coraje a través del arma que ella misma considera más poderosa: la palabra.

Y ofrece a los lectores adultos la posibilidad de regresar al país de su propia infancia, verdadera patria del ser humano, ese lugar tan básico al que rara vez dedicamos atención, en el que sin embargo anida todo lo esencial de lo que somos.

Hace años puse en la pared de mi despacho esta frase, con la intención de que todas las personas que se reunieran allí conmigo pudieran leerla, pero sobre todo para recordármela a mí mismo cada mañana: *En cada niño y cada niña hay un gran potencial, pero no todos tienen la oportunidad de desarrollarlo. Sus vidas, sus voces y sus sueños deben ser defendidos. Cueste lo que cueste.*

La voz de Lis estalla incontenible y llena estas páginas de palabras hermosas. Palabras para el camino. Palabras de encrucijada. Ahora, les invito a escucharlas.

Andrés Conde.
Director Ejecutivo de Save The Children.

El Agujero
de los Rendidos

El castillo
de los Sabios

El Sauce
de las Ideas

El Árbo
Inescalal

El Puente

Cueva
de Papá Oso

El Gran Roble

El Bosqu
de Almend

N

O

E

S

La Ciudad

La Encrucijada

Las Personas
de Cristal

El Bosque Sombrío

El Monte Sombrío

El Bosque de la Navidad

La Presa de
los Castores

El Tablero

La Hoguera

El Pueblo Gris

1

PAPÁ OSO

Ayer me dijeron que pintara las estrellas.

Hoy me han dicho que se me ha quedado sin tinta el rotulador, que ha caído el último grano de arena del reloj y que soy demasiado grande para llegar al cielo.

Así que he vuelto a casa resignada, tomando el camino del bosque. Arrastrando los pies por la tierra porque hay un peso que impide que los levante del suelo.

—Los *marlows* otra vez. —Sacudo frustrada mi caperuza, pero las criaturillas no se sueltan.

Los *marlows* son pequeños animalillos que se alimentan de los sentimientos desagradables de las personas. Cuando estas triste, enfadado o frustrado se cuelgan de tu ropa y hacen que todo te cueste un poquito más.

Son muy feos, como bolas con patas y están cubiertos con un pelo negro erizado que a menudo se enreda. Tienen una piel grisácea y rugosa como la de un sapo. Sus brazos son finos como palillos y terminan en unos angulosos y largos dedos con unas uñas roñosas y afiladas que usan para engancharse a las rocas o a los bordes de las faldas. Si llevas una bufanda muy larga, tienes que ir siempre con cuidado,

15

porque antes de que te des cuenta seis *marlows* se han enganchado a la punta y tienes la sensación de que no puedes respirar. En los pies suelen llevar unos zapatos de elfo con la puntera curvada hacia dentro a juego con sus orejas puntiagudas.

Sus ojos son vacíos, como un pozo sin fondo. Dicen que como los *marlows* no pueden sentir nada se alimentan de las emociones de los demás, y cuando lo hacen sus ojos se vuelven rojos. Algunos podrían confundirles con pequeños vampiros porque tienen dientes como agujas, pero no muerden. O al menos, no suelen hacerlo.

Normalmente, para deshacerse de ellos es necesario escribir diez cosas buenas en un cuaderno. Lamentablemente, yo no tengo uno en este momento.

El camino se hace cada vez más y más largo. Parece que cuanto más triste estoy más largo se hace el viaje a casa. Sé que estoy avanzando porque los árboles a mi alrededor se van quedando atrás. Casi parece que la tierra me haya dejado tirada en un lado del camino.

En un principio me sentía traicionada, pero me he dado cuenta de que la tierra lo hace por mí. Necesitaba bajarme del tren y descansar de la velocidad vertiginosa y el caótico orden que tiene. Así que avanzo, pero no avanzo. Porque, aunque se muevan mis pies, mi corazón sigue en el lugar de donde he venido.

—Yo quiero dejar de estar triste ya —me murmuro a mí misma. Pero los eventos se repiten en mi cabeza y no puedo evitar pensar en qué podía haber dicho, cómo podría haberlo hecho mejor. Supongo que eso es el mundo diciéndome que hay algo que no estoy viendo y necesito tomarme un respiro para verlo mejor.

Por el camino he pasado cerca de la casa de Papá Oso y no he podido evitar llamar a su puerta para que me dé un gran y fuerte abrazo de los suyos. Papá Oso es un oso bien grande con el pelo grueso y gris. Tiene un hocico húmedo y sus costuras son de un brillante color rojo. No sé de qué es su relleno, porque preguntarle a alguien de qué está hecho es una pregunta muy personal.

—Hola, peque. —Papá Oso sonríe. Me llama peque porque como él es tan grande todos los demás le parecemos pequeños.

Aunque tenga unas garras fuertes y unos enormes dientes afilados, es el mejor escuchador que hay en esta isla. Cuando entro en su casa las lágrimas corren por mis mejillas y es tal mi tristeza que no puedo hablar, pero me envuelve en un abrazo y absorbe mis lágrimas como si fuese una esponja.

—No llores, shh, ¿Qué ha pasado? —pregunta Papá Oso sentándome en un sillón tan grande que apoyando mi espalda en el respaldo mis pies no llegan a colgar. Antes de que pudiera responderle me da un vaso de chocolate tan gigantiquigrande que por poco me cabe la cara dentro.

—Los *sabios* dicen que no puedo pintar estrellas, que soy muy grande y que... —las palabras han empezado a salir de mi boca como un tren de alta velocidad. Le he contado todo, desde mi visita a los *sabios* hasta mi llegada a su casa sin olvidar que el mundo me había dejado atrás. Otra vez.

Para mi sorpresa, al final de la historia no veo pena en sus ojos, decepción o compasión. Ni siquiera ira o enfado, o exclamaciones del estilo de:

17

—¡¿cómo se atreven?! O ¡esos viejos no saben de lo que hablan! —Papá Oso solo sonríe enseñándome todos sus dientes con alegría y emoción brillando en sus ojos.

—¡Enhorabuena, pequeña! ¡Qué gran noticia! ¡Qué maravilloso fracaso! —exclama Papá Oso emocionado.

—¿Cómo puede ser un fracaso maravilloso, Papá Oso? Significa que he hecho algo mal —respondo confusa.

—Bueno, pero lo que aprendas de este fracaso te servirá para futuros éxitos ¡No hay nada mejor para un gran éxito que un fracaso aún más grande!

—¡Pero es que no he aprendido nada! —le digo con voz temblorosa— solo han dicho que soy demasiado grande para pintar estrellas, y no he sido capaz de convencerles. ¡No puedo hacer nada al respecto!

—Eso sí que es terrible, pequeña ¿Qué vas a hacer ahora?

—Supongo que no puedo pintar estrellas ¿no?

—¡Tonterías! ¿Sabes? Yo conocí una vez a un tipo, J.M. Barrie, y me dijo una cosa interesante ¡interesantísima! Me dijo: «En el momento en que dudas si puedes volar, dejas de poder hacerlo para siempre». —Papá Oso se pasea por el salón de un lado a otro como zombi sin cabeza—. En tu caso, no es volar. Es pintar las estrellas, pero te sirve de todas maneras. Si piensas que no puedes volar, no puedes. Si piensas que te vas a caer, te caerás, y si piensas que nunca podrás pintar estrellas... El cerebro es un órgano perezoso ¿sabes? Y cuando le dices que algo no es posible, deja de buscar soluciones.

—¿Y si no hay soluciones? —pregunto desanimada.

—¿Estas sugiriendo que es...? —Gira la cabeza de un lado a otro paranoico y después susurra— ¿¿IMPOSIBLEEE??

18

Mis ojos se abren como platos y aguanto la respiración. Esa no es una palabra que usemos mucho. Es una palabra que no está permitida, peor que una palabrota.

—¡No, claro que no! Pero no hay manera.

—¿Pero has intentado algo? ¿Algo en absoluto? —pregunta Papá Oso.

—¡Si es que no se me ocurre nada! No pude aprender nada, solo me dijeron que ya soy mayor y eso no lo puedo cambiar —exclamo frustrada.

—Bueno, ellos solo te dijeron que no te iban a ayudar, que no podías coger el camino fácil. Así que tendrás que buscar tu propia manera. O mejor aún ¡hazte una! —dice Papá Oso emocionado otra vez.

Yo quiero decirle que no es tan fácil, que si todo el mundo pudiera hacerse su propia escalera estarían todos pintando estrellas, pero cuando Papá Oso está emocionado habla mucho y no me deja interrumpir.

—¡Oh qué gran aventura te espera! Las soluciones más creativas surgen cuando no se nos dan herramientas ¿sabes? ¡Oh, qué envidia me das! ¡Qué gran oportunidad!

—Te regalo mi oportunidad, si tanto la quieres —murmuro por lo bajo.

—Nonononono, venga ¿dónde está esa actitud positiva tan tuya? La vas a necesitar si quieres llegar al final de tu aventura. Venga, levántate. Levántate.

Con un suspiro salto del sillón y caigo sobre la redonda alfombra amarilla que cubre su salón para ponerme de pie frente a Papá Oso, ¿Es esto realmente necesario?

—Ahora deja tus brazos muertos y mueve tus hombros.

20

Deja que tus brazos se muevan solos. Y tu cabeza, deja que tus mofletes se muevan y haz ruido. —Papá Oso pone sus patas en mis mejillas y las mueve como si estuviese amasando un pan, yo, intentando hablar, por poco le escupo.

—¡Venga pequeña, sacude todas tus penas como si fueses una alfombra vieja!

Papá Oso empieza a sacudirse como un muñeco de trapo. Suelta mucho polvo y me hace estornudar. Se ríe con una voz grave, ronca, y se da unos pequeños golpes en la tripa.

Entonces, noto que su tripa está llena de parches de diferentes telas. Algunos son brillantes, otros oscuros, otros tienen florecitas o frases manuscritas por algún amigo. No es una tela cualquiera. El pasatiempo favorito de Papá Oso es remendar fracasos, cada vez que fracasa se hace un remiendo con una tela distinta.

—Los fracasos son un poco como una herida —me dijo Papá Oso cuando le pregunté hace ya mucho tiempo—. Y como tal, cicatrizan, y a mí me gusta embellecer mis cicatrices. Por eso las telas son distintas, porque de cada fracaso aprendo algo nuevo. Son recordatorios de lo que he aprendido. Son partes de mi historia, y quiero recordarme siempre que nada es "no posible".

Antes de salir me da un regalo, una pequeña chapa de tela blanca con unas bonitas flores rosadas de almendro. La engancha en la solapa de mi chaleco y sacude mi pelo con una pequeña sonrisa.

—Disfruta tu fracaso, peque ¡y cuídate! —dice mientras se despide.

Antes de salir me ato al cuello mi caperuza azul, y trato

de sacudir el *marlow* que aún cuelga de él, pero se agarra de la caperuza como si su vida dependiese de eso.

—¡Sal bicho, sal! Suelta. Que ya no estoy triste ¿ves? —digo señalando la chapa que me ha dado Papá Oso—. He remendado mi fracaso.

El *marlow* gira su cabeza peluda, y sus ojos rasgados me miran fijamente.

—¿Y qué vas a hacer ahora? —me pregunta.

Miro al suelo apretando los dientes y cerrando los ojos con fuerza ¿qué voy a hacer ahora?

Soy muy grande, no puedo entrar por la puerta.

Esa es la única manera, y no puedo llegar, no puedo.

Oh, Papá Oso, ¿Qué voy a hacer? No quiero decepcionarte.

Una risa aguda me saca de mis pensamientos y limpio con mi manga las lágrimas rebeldes que han caído sin permiso. El *marlow* me está sonriendo con sus dientes afilados como agujas y el mensaje en su cara está claro: "yo gano".

—Está bien. Agárrate, monstruito. El camino a casa es largo.

Continuo el viaje a casa. El sol se está poniendo y pinta el cielo de unos bonitos tonos anaranjados y rosados. Las nubes que se dejan llevar por las corrientes de aire se tiñen de rosa y toman la forma de algodón de azúcar. El aire sacude los pinos y las flores y traen su dulce aroma con él. Respiro hondo y, aunque sigo arrastrando los pies por el camino, el peso sobre mi pecho es mucho menos pesado.

Mi casa está en la linde del bosque, en lo alto de una colina. Tengo un campo de fresas y un techo de paja que llora cuando llueve. Es un poco redonda y un poco cuadrada, es azul y tiene cristales de colores. Hay un pozo y un estanque de los deseos.

Tiene también una puerta blanca, porque ese es el color de los nuevos principios. Todos los "algos" han sido "nadas" antes de convertirse en "algo".

—Hala, ya estamos en casa. Quita bicho.

Al entrar por la puerta he cogido mi libreta, sacudo los *marlows* que había en mi caperuza y la cuelgo en el perchero negro de la entrada. Luego me quito mis botas rojas y las pongo junto a la puerta, estirando los dedos de los pies dentro de mis calcetines rayados.

He encendido la chimenea, el fuego me saluda alegre con su suave crepitar e ilumina mi pequeño salón. Me siento en el gran sillón que no es tan grande como el de Papá Oso, pero en el mío por lo menos me cuelgan los pies.

—Lo mejor después de un día difícil son las manualidades —me digo mientras me acerco a la mesilla junto al sofá.

Saco de un cajón un ovillo de esperanza color verde, dos ovillos amarillos de imaginación y me pongo a tejer sueños. La verdad es que todos podemos tejer sueños, pero por alguna razón cuanto más mayores somos más difícil es. También hay personas a las que les duele tanto el alma, que creen que no merece la pena tejer sueños. A mí me encanta hacerlo, pero sobre todo me gusta hacer jerséis de sueños que me envuelvan brillantes y alegres.

Hoy he decidido tejer una bufanda de sueños para enrollármela en el cuello. Me he puesto a tejer y he caído en la tranquilizadora rutina de las tejedoras. Los sueños tienen

un vibrar muy peculiar, que entra por las yemas de tus dedos y hace que se acelere tu corazón.

Algunas personas dicen que tejer es de viejas, pero yo lo encuentro tranquilizador. Con los años he visto que solo las mentes con más experiencia tienen la suficiente paciencia como para empezar desde cero y seguir y seguir sin importar cuánto se tarde. Mi madre suele decir:

—No solo es la imaginación y la esperanza. Es el esfuerzo y la paciencia lo que hace que los sueños brillen así. No se puede pretender tener un sueño con prisas y sin cuidado, se te enrollarían los hilos y no habría manera de usarlos.

También es verdad que tengo que estar muy concentrada mientras tejo, porque los sueños son caprichosos y a menudo acabo saltando de un sueño a otro sin terminar nunca de tejer ninguno. Y, antes de darme cuenta, me encuentro haciendo una bufanda-jersey-manopla-gorro-calcetín.

Pero si me concentro en un sueño durante demasiado tiempo y tejo y tejo, al final la bufanda será demasiado larga y se me enganchará en las ramas y las rocas del camino y hará que avanzar sea cada vez más y más complicado.

—Lo suyo es tener tus sueños bien controlados y de tu talla —me recuerdo. Mis bufandas nunca son más largas que yo, y mis jerséis nunca llegan a mis pies. Mis guantes tienen siempre cinco dedos, pero eso es porque mi mano también los tiene.

Si me concentro en tejer y en los colores de los sueños, por un momento me olvido de la pena y de los *marlows*, que por un rato se quedan cegados por el brillo de los sueños.

26

Entonces miro al cielo oscuro y veo las estrellas. Las mismas cuatro estrellas de siempre, brillando con ese resplandor blanquecino de siempre que solo alumbra lo que ya sabemos que está ahí. Cerrando las cortinas con fuerza, me he girado y me he mirado en el espejo y he comprobado con desazón que ya apenas puedo ver mi cabeza reflejada porque soy demasiado alta. Con los ojos llenos de lágrimas he cogido una cesta llena de libros muy pesados y me la he puesto en la cabeza, sujetándolos con las manos y haciendo presión hacia abajo. He cerrado los ojos sintiendo como el peso me empujaba, pero al abrirlos me he dado cuenta de que no soy menos alta. Y ahora no solo soy alta, sino que, además, me duele la cabeza.

—¡No lo entiendes! —le digo desconsolada a mi reflejo—. ¡Tenemos que ser más pequeñas! No podremos entrar por la puerta ¡¿No lo ves?!

Las lágrimas caen por mis mejillas y miro mi reflejo, desesperada, como esperando a que me diga algo, que me conteste, me consuele o simplemente que se encoja y me refleje como esa niña pequeña, emocionada e hiperactiva que solía ser. Pero no hace nada, solo se limita a imitar mi cara llena de dolor y desamparo, y el húmedo camino de las lágrimas por mis mejillas rojas como manzanas, mis enormes ojos castaños, hasta mis labios temblorosos.

—¡Basta! —le grito—. ¡Deja de enseñarme esto! ¿No ves que no quiero verlo? ¡No quiero ser mayor!

Está vez mi reflejo toma un gesto inquisitivo y manda un pensamiento a mi cabeza.

¿Por qué?

—¿Cómo que por qué? Porque soy demasiado grande, porque no quepo por la puerta de las estrellas —respondo.

Y ¿Por qué?

—Porque la puerta es demasiado pequeña ¡porque lo han dicho los *sabios*!

Y entonces me doy cuenta de lo que acabo de decir, "porque lo han dicho los *sabios*".

¿Y quiénes son esos ancianos para decirme cómo tengo que ser?

No me conocen. ¡Y aunque lo hicieran! La única persona con derecho a juzgarme soy yo misma. Y da igual que digan que soy muy grande, muy pequeña, muy gorda, muy delgada, muy lista, muy tonta... nadie, y digo NADIE tiene derecho a decirme cómo tengo que ser. Yo soy como soy. Soy como me han hecho y como yo me he hecho a mí misma. Y para recordármelo he cogido un rotulador bien rojo y brillante y he escrito.

Esta soy yo

Cojo mi libreta y pinto unas estrellas con un rotulador especial. Luego, las recorto y les pongo pegamento. He abierto las cortinas y las he pegado a mi ventana. Esa desde la que se ve el cielo. Quiero convencerme a mí misma de que es posible. Que ya casi están ahí... Pero no es verdad. Sé que no es verdad.

2

UNA ESCALERA

Mis estrellas iban a ser distintas, iban a ser de colores y formas diferentes para iluminar lo que ya vemos desde otro punto de vista. Iba a haber estrellas grandes y pequeñas, para ver las cosas que están cerca y las que están lejos.

—Yo creo que a los ancianos les da miedo lo que puedan llegar a ver, y que por eso la puerta de las estrellas es tan pequeña —refunfuño mientras me preparo para salir a la mañana siguiente.

Ya con mi bufanda de sueños enrollada al cuello, he tomado una decisión: ¡Yo voy a pintar estrellas! Y si no quepo por la puerta, tendré que buscar otra manera.

He probado a pintar las piedras con estrellas y usar mi tirachinas para tirarlas al cielo, pero nunca llegan lo suficientemente alto.

También he pintado mis estrellas en un espejo tratando de reflejarlas en el cielo, pero no brillan de la misma manera. Incluso he cogido un palo muy largo y he colgado una estrella de él, pero en el lienzo de la noche no hay donde colgarlas.

Yo no pierdo el ánimo, pero los *marlows* se acumulan en los márgenes de mi historia esperando a que me rinda y poder subirse a mi espalda.

Hoy voy a probar una cosa nueva, ¡voy a construir la escalera más alta del mundo para bajar hasta las estrellas!

Voy de camino al bosque a coger palos. Al pasar me encuentro con unas pervincas, vainillas y un par de tigridias que se mecen con el viento disfrutando del sol y charlando con las abejas que se paran a polinizarlas.

—Perdón, ¿os suena dónde puedo encontrar leña fuerte? —les pregunto.

—¿Leña? —pregunta una pervinca.

—Madera, Vi —le responde la vainilla.

—No me digas, Babú —responde Vi sarcástica—. Ya sé que es la leña, quiero saber para qué la quiere.

—Para construir una escalera muy larga —respondo agachándome a su altura.

—¿Cómo de larga? —pregunta Babú.

—Para llegar a las estrellas —les confieso.

Babú suelta un chillido de emoción, mientras que Vi parece pensar que he perdido la cabeza.

—Ignóralas, son como gemelas, discutiendo todo el rato. Ve pasados los almendros en el robledal —interrumpe la tigridia—. Si no, prueba bajo los olmos o junto a los castaños. ¡Buena suerte, guerrera!

Vi y Babú parecen estar de acuerdo con ella, así que les doy las gracias y continúo mi camino. Me he propuesto encontrar la mejor madera para mi escalera, pero yo no sé mucho de madera, así que he tenido que parar y preguntar a los expertos. Me encamino hacia el río siguiendo el sonido de su agua. El río corre con fuerza. Sus aguas cristalinas reflejan la luz y si tienes la paciencia para escuchar te susurraran los cotilleos más jugosos del bosque. Pero yo hoy no vengo a cotillear, no tengo tiempo. Hoy vengo a buscar a los mejores artesanos de madera que conozco. Los castores. Ellos son los únicos capaces de hacer estructuras tan fuertes que paren o frenen la fuerza del río.

—Perdón —digo, interrumpiendo a un castor que tiene los dientes hundidos en un trozo de madera—. Quería preguntaros, si no es mucha molestia, qué tipo de madera usáis para hacer las presas.

El castor, me mira confuso, ladeando su cabeza y golpeando el agua dos veces con su plana cola.

—La verdad es que trabajamos con lo que hay. Si no está podrido lo usamos.

—Y aun así son capaces de parar la fuerza del río —digo asombrada.

El castor se encoge de hombros. —La estructura es lo importante, no es con qué construyes, sino cómo lo construyes.

Yo le doy las gracias, boquiabierta y un poco decepcionada por su respuesta.

Tendré que seguir mi camino.

Caminando por la linde del río escucho un CLACLA-CLA. Y veo a un pájaro carpintero haciendo un agujero en el tronco de un chopo junto al río. He intentado preguntarle también, porque pica tantos árboles que seguro sabía cuál era el más fuerte. Hacía tanto ruido que ni me ha oído, así que he tenido que seguir caminando.

Le voy dando patadas a las piedras, un poco frustrada porque nada está saliendo como quería. Y me digo a mí misma ¿y por qué no le pregunto a los árboles? He caminado hasta encontrarme con unos almendros, decorados con unas delicadísimas flores rosadas que los llenan de color. Me he acercado a ellos con decisión, pero he tenido que parar a unos metros de distancia.

—¡Quieta, chica, quieta! ¡No te acerques! —dicen los almendros.

—Pero, vengo a pediros algo —les explico.

—Aaaah, vienes a admirar nuestras flores, ¿a que sí? Bueno, pues tendrás que hacerlo desde lejos. Nuestras flores son muy delicadas y se pueden caer si las tocas —dicen horrorizados.

—No es eso. Yo quería hablar sobre vuestras ramas —intento explicárselo, pero me interrumpen de nuevo.

—¿Nuestras ramas? ¿Eres un pájaro que viene a anidar? —me preguntan.

—¿Un pájaro? No, yo...

—¿Eres una abeja que viene a polinizar nuestras flores? —me interrumpen.

—No, si me dejarais explicar...

—¡No hay nada que explicar, muchacha! Tu belleza no es comparable con nuestra hermosa elegancia y nuestras delicadas flores. Y por lo tanto no debes acercarte a nosotros, ni a nuestras flores.

—¡Qué no quiero vuestras flores! Yo lo que quiero es construir una escalera muy alta que me pueda bajar a las estrellas. Porque los ancianos no me dejar llegar y tengo que encontrar una manera. Y para eso necesito ramas. Necesito vuestra ayuda —trato de explicarme, pero me interrumpen.

—¡Oh, no! Darte nuestras ramas ¿Dónde crecerían las flores entonces? ¿Vas a privar al mundo de tanta belleza?

34

No, no, no. Nadie tiene unas flores tan bellas como las nuestras. Y nadie puede acercarse. Solo las mariposas son comparables a nuestra delicada belleza. Y al resto, bueno, se les soporta de vez en cuando.

—Pero, si nadie puede acercarse porque sois demasiado hermosos, ¿no os sentís solos?

—La belleza tiene un precio, chiquilla. Y no podemos hacer nada si nuestra belleza es superior a la de los demás.

Pues vaya tontería, pienso. ¿Para qué quieres ser lo más bonito que hay, si vas a tener que pasarte la vida solo y amargado? Pero estos están aquí de mírame y no me toques. Que árboles más bordes, no solo no quisieron ayudarme ¡sino que además me llamaron fea! Pues se pueden meter sus palabras por donde hagan la fotosíntesis.

—Yo soy bonita como soy. Además, prefiero mil veces tener buenos amigos ¡Qué bordes!

Yo, soy así

Reanudando mi búsqueda de ramas, he pasado junto a algunos castaños. Al principio me daban un poco de miedo, porque tenían en sus ramas esas bolas llenas de espinas. Pero por dentro son muy suaves, igual que su fruto, mucho más amables y comprensivos que los almendros, y me han dejado recoger algunas ramas más pequeñas para los escalones.

En busca de ramas más fuertes, he pasado junto a unos abetos más ancianos y he preguntado.

—Lo siento mucho, niña. Pero estamos preparándonos

para la Navidad y no podemos prescindir de ninguna rama o no habrá donde colgar los adornos —me explican amablemente.

Uno en particular, más pequeño que los demás, trabajaba especialmente duro para poder ser el árbol perfecto para las navidades, porque hay pocas cosas que les guste más a los abetos que ver la alegría y la emoción de los niños cuando llega la mañana de Navidad. O la contagiosa sonrisa, cuando después de haberse pasado la tarde colgando deseos y brillantes bolas en sus ramas, ponen una estrella en lo alto.

—El año pasado todos dijeron que era demasiado pequeño y nadie quiso llevarme a casa. Así que, ahora trabajo duro para crecer más alto y frondoso, y que estas navidades me coronen con una estrella.

Es un abeto dulce, muy amable, yo sé que si le pido unas ramas me las daría, porque es un árbol de buena sabia, pero no he tenido el valor de hacerlo sabiendo todo lo que se ha esforzado.

Las mimosas junto a las que he pasado son tan tímidas que nada más acercarme han cerrado todas sus hojas y han hecho lo posible para que yo no las vea, pese a que están en el medio de un claro.

La frustración aumenta. Con estas ramas no tengo suficiente para mi escalera.

El sol brilla con fuerza mientras se acerca la tarde. Lo siento en mi piel, calentándome y subiéndome las pilas. Caminando por los campos de verde hierba alta y amapolas, me he cruzado por el camino con una familia de robles que conversaban animadamente. Son los árboles más grandes y fuertes con los que me he topado hasta ahora.

—Mirad eso compañeros, se acerca una dama en apuros ¿qué podemos hacer por vos hermosa damisela? —me pregunta una voz ronca y grave.

—¿Por qué usas palabras tan raras? —le pregunto extrañada.

La risa del roble resuena por todo el bosque, y las montañas nos la devuelven mucho más bajita.

—Somos robles centenarios, hermosa dama. Llevamos en aquestos bosques desde que la luna era joven. Hemos visto todos los seres que rondan nuestra hondonada desde las hadas a los simples humanos y somos poseedores de inmensa sabiduría. Más solo tengo permitido responder una pregunta. Así que decidme ¿qué respuesta buscáis? —pregunta el roble.

Yo le miro desconcertada ¿qué se le pregunta a alguien que sabe tanto? ¿Y si pregunto algo estúpido? El viento sacude sus hojas y sus ramas se golpean unas contra otras como el tic-tac de un reloj.

Me recuerdo a mí misma que el roble está esperando una pregunta, pero de pronto no se me ocurre nada que preguntar. Y es que hay veces que cuando abro demasiado el bote de las preguntas, todas se acumulan en la salida y no sale ninguna. Para desatascar el bote la boca manda una cadena de "eeeee" a ver si pescan algo que decir y es por eso por lo que, con la boca entreabierta, y mirando fijamente al roble digo:

—Eeeeeeeeeeeeeeeeeeee —y entonces ¡zap! La cadena pesca algo— tenéis que saber mucho para tener una respuesta para todas las preguntas.

Cuando el roble niega un montón de hojas y bellotas caen sobre mi cabeza y tengo que agitar bien mi pelo para que caiga todo al suelo. Y luego desenredar las ramitas, que tienen tanto miedo del suelo que se han quedado agarradas a mi pelo.

—Solo para las preguntas adecuadas. Lamentablemente las preguntas adecuadas son muy difíciles de encontrar porque uno siempre saca de su tarro la pregunta fácil. Y os sorprendería saber cuán común es que lo fácil y lo correcto tomen caminos distintos. Más solo podéis hacer una pregunta, pues hay una respuesta en cada rama y si una persona se lleva demasiadas ramas mis hojas no tendrían espacio para crecer.

De pronto todas las preguntas salen como una estampida y hay tantísimas rondando por mi cabeza que no sé cuál escoger ¿Por qué es el cielo azul? ¿Por qué se quedan las nubes en el cielo? ¿Por qué los humanos no pueden respirar debajo del agua y los peces sí? ¿Cómo se mueve...?

—¡Alto! ¡Alto pequeña dama! Puedo oír el ensordecedor sonido de las ruedas que giran sin descanso dentro de vuestra cabeza. Me recordáis a alguien que una vez vino por aquí. Un caballero en apuros con una espada en el cinto y una flor de lis en la solapa, se movía el muchacho con tal elegancia y sutileza que no me cupo duda de su honor y su valía. Al parecer, había perdido a sus amigos en una emboscada organizada por un cardenal —empieza a relatar el roble.

—¡Vaya! —exclamo yo—, no sabía que los moratones podían organizar emboscadas, seguro que era un moratón muy listo, ¡los míos ni siquiera me dan los buenos días!

—No, no, no muchacha. Allí muy lejos en los reinos de los humanos donde los sueños solo suceden de noche y la magia está solo en los libros, las personas casi más importantes de algunas iglesias son cardenales —me explica— ¿lo entiendes?

Yo asiento con la cabeza e, intuyendo que esta va a ser una historia larga, me acomodo entre sus raíces apoyando mi espalda en su tronco y espero a que continúe.

—Como íbamos narrando, nuestro protagonista, el que estaba buscando a sus tres amigos se presentó con el nombre de Aramis. Casi le dio un patatús cuando le pregunté si estaba buscando a alguien. Al parecer sus árboles no hablan, pero le expliqué lo mismo que a ti, que sé muchas cosas, pero solo puedo responder a una pregunta. Y sus ojos se iluminaron como los vuestros hace solo un momento, llenos de preguntas. Tenía miles de preguntas de su mundo, de sus ángeles y la creación de su tierra. Mientras se planteaba qué pregunta hacer de pronto exclamó «¡oh si mi amigo Athos estuviera aquí!, seguro que tendría tantas preguntas que hacer que...» pero no llegó a terminar su frase, porque se acordó de la razón por la que había venido a verme y la lealtad fue más fuerte que la curiosidad y entonces me hizo la pregunta, «¿qué camino tengo que tomar para encontrar a mis amigos?». Tenía un sombrero muy curioso ¿sabes? De ala ancha y con unas plumas muy bonitas. Tenía también un bigote que se curvaba hacia arriba en las puntas y una barba muy graciosa, parecida a la de un chivo. Pero me estoy yendo por las ramas. La moraleja de la historia es que la pregunta correcta a menudo está atada a la razón por la que la gente viene al bosque, atada al objetivo de su aventura.

Es muy importante hacer la pregunta correcta, porque no hay respuesta correcta para preguntas equivocadas.

Yo cierro los ojos y apoyo la cabeza en el tronco planteándome qué pregunta hacer. Puedo pedirle que me diga cómo pintar estrellas, pero algo me dice que eso lo tengo que averiguar yo sola. También podría preguntarle dónde puedo encontrar la madera para la escalera, pero me parece una pregunta demasiado simple. Entiendo a lo que se refiere el señor roble cuando dice que es importante hacer la pregunta adecuada. Quién sabe dónde acabaría uno si se pierde y no hace las preguntas adecuadas.

—¿Cuál es la manera más simple de hacer una escalera? —pregunto decidida.

—La manera más fácil de construir una escalera es usar tramos de escaleras que ya han construido otras personas. Pero recuerda, la escalera que estás construyendo es tuya y tienes que construirla tú, pero siempre puedes buscar apoyo —me explica con claridad.

—Tramos de otras escaleras —murmuro asumiendo la información—. Está bien, creo que eso puedo hacerlo.

Un sonoro "ZUD" interrumpe mi frase y me hace brincar del susto. Me giro alarmada y veo a mi lado, sobre la alta hierba, una larga rama con un par de ramitas. Es una rama muy larga y tiene pinta de ser pesada ¿Cómo me voy a llevar esto de aquí? Me remango la camisa y agarro con fuerza la rama. Estoy tan concentrada en arrastrarla por el suelo que por poco olvido despedirme. Dejo caer la rama y me giro hacia el Señor Roble.

—¡Adiós señor Roble, mil gracias! —le grito entusiasmada.

—Siempre es un placer acudir al rescate de una persona en apuros. Recordad, siempre que requiráis de una respuesta estaré aquí. Se podría decir que he echado raíces.

Lo último que escucho cuando me alejo es la grave risa del señor Roble riéndose de su propio chiste. Y entonces caigo en que no sé dónde voy a encontrar tramos de escalera. Mis pensamientos se arremolinan buscando alguna posible localización para una escalera corta o una escalera a medio hacer cuando tropiezo con una raíz y caigo al suelo de cara.

—¿Qué hace una raíz aquí? no hay arboles cerca. —Apoyo las manos en la tierra para incorporarme y noto bajo mis manos otra raíz, y otra un poco más arriba. "No puede ser" me digo. Arranco plantas de los laterales y me doy cuenta de que, efectivamente era lo que yo esperaba que fuera. ¡Un tramo de escalera! Claramente alguien la había abandonado hace tiempo y la hierba había decidido hacerla parte de su entorno. El tramo de escalera no debe tener más de cinco escalones, pero ya es algo. Quito toda la hierba de encima de la escalera y la coloco junto a la rama, y me digo a mí misma que si aquí hay un tramo de escalera puede haber más.

Me pongo a caminar de rodillas por el prado buscando cualquier tipo de palo que pudiese ser una escalera. Desde lejos puede que parezca que he perdido una lentilla, pero por ridículo que sea, si el método funciona ¡que me quiten lo "bailao"! Y efectivamente, allí enterrada en barro y polvo hay otro tramo de escalera ligeramente más largo. Algunas de estas escaleras son sueños abandonados, hay gente que no se le da bien tejer, y en vez de usar lana para construir, usan madera. Empiezan a construir trozos de escalera y los dejan a la mitad. Otras, sin embargo, simplemente no requerían mucha altura para cumplir su objetivo. Una vez cambias tu punto de vista, empiezas a ver oportunidades en todas partes. Así, el montón de escaleras es cada vez más y más grande.

—Ya casi está —me digo a mí misma.

Ya no encuentro más escaleras, pero bueno, el último tirón siempre es el más complicado. Avanzando más por el camino algo llama mi atención. Ahí entre las sombras veo una escalera, apoyada en un robusto nogal junto a un nópalo amarillo. Con una enorme sonrisa corro hacia ella, pero tengo que parar en seco bruscamente. Miro hacia abajo y veo cómo dos pequeñas piedrecitas caen por el inmenso precipicio en frente de mí a las aguas de los desbocados rápidos. Miro de un lado a otro y veo un delicado tronco que cruza el barranco. Me acerco con cuidado y coloco un pie sobre el tronco apoyándome un poco en él para asegurarme de que no va a ceder ante mi peso.

Al mirar abajo, parece que el suelo está mucho más lejos de lo que realmente está. Miro rápidamente hacia arriba, la vista fija en mi objetivo. Si voy a hacer esto, voy a tener que dejar mis miedos atrás durante un ratito. Hay muchas personas que dicen que el miedo es malo. Te lo pintan como monstruos grandes y feos que te arrastran y te hunden. Pero realmente te ayuda a mantenerte alerta y a salvo. Por ejemplo, si no tuviésemos vértigo probablemente acabaríamos saltando de los edificios porque no seríamos capaces de ver el peligro. Es verdad que a veces los miedos son un poco sobreprotectores porque no quieren que me haga daño.

Una vez, me encontré con un niño rubio, un pequeño príncipe, que estaba visitando mi planeta antes de volver a su asteroide a estar con su rosa.

—Si dejas crecer los Baobabs en el asteroide crecen mucho y no te dejan espacio para vivir y por eso hay que arrancarlos cuando son solo plantitas —me explicó mientras caminábamos.

Yo creo que con los miedos pasa algo parecido, si los dejas crecer demasiado, no te queda espacio para vivir.

Yo conozco a gente muy orgullosa que no le gusta admitir que no sabe hacer algo, así que le echan la culpa al miedo. Pero el miedo les salvó la vida a mis mayores hace mucho tiempo, y por eso me lo han regalado. Para que ahora cuide de mí.

Así que saco con cuidado mis miedos de mis bolsillos. Ellos me agarran la falda y me miran con preocupación y yo les sonrío, les acaricio la cabeza y les aseguro que todo irá bien. Pongo mi mejor cara de valiente y un pie en el tronco, y luego otro y otro, con las manos extendidas para mantener el equilibrio.

A medio camino doy un traspiés y puedo oír a mi vértigo gritar.

—¡Ten cuidado!

Escucho el rugido del río bajo mis pies y calmo mi respiración para asegurarme de que no se acelere demasiado. Antes de darme cuenta he llegado al otro lado y me dirijo corriendo a la escalera. Es la más larga que he visto hasta

ahora, no tengo muy claro cómo la voy a llevar de vuelta. Una vez fui al circo, y vi un equilibrista que llevaba un palo con dos cubos montando un monociclo en una cuerda floja. Y si él pudo hacer eso, yo puedo hacer esto.

Busco el equilibrio con la escalera en mis brazos y la coloco para asegurarme de que un lado no pesa más que el otro. Que me caiga o no depende de que sea capaz de encontrar el equilibrio, pero después de todo, todo depende del equilibrio.

Cuando logro cruzar el puente mis miedos se abalanzan sobre mí y caigo de culo en el suelo dejando la escalera a mi lado. Mis miedos me abrazan temblando y yo los aprieto contra mí.

—Está bien —les susurro—. Estoy bien.

Una vez recuperada, vuelvo a meter mis miedos en mis bolsillos y arrastro la escalera junto con las demás. Ahora solo queda unirlas, con lianas de árboles cercanos. También he usado algunos clavos, pegamento y diversos mejunjes. No es el trabajo más divertido y yo me distraigo con facilidad, así que me recuerdo cuál es el objetivo. Y cuando está lista me digo a mí misma:

—Ahora que tengo el cómo, me queda el dónde.

He pensado que el lugar más mejor para ponerla sería junto a la playa al lado del mar, porque es desde donde mejor se ve la puerta de la noche. Es un poco difícil de ver, y solo puedes verla de noche, incluso entonces es simplemente un cuadrado de un color ligeramente distinto. Al menos ahí es donde mejor la veo yo, pero con los años he conocido a personas que veían su puerta en lugares distintos al mío.

Así que, te invito a salir de casa y mirar al cielo, o a mirar por tu ventana para ver si logras encontrar tu puerta a las estrellas.

Además, tu escalera puedes decorarla como quieras. Hay niños que pueden sentirse cómodos llenándola con números o fórmulas matemáticas. Otros la llenarán de notas musicales y llegarán al firmamento bajando por el pentagrama. Conozco a una niña que seguro que apoyaría su escalera sobre unos libros bien gordos y la llenaría de citas de sus libros favoritos. Y mi amigo Juan fue capaz de hacer crecer una planta de judías tan alta, tan alta, tan alta que llegó a poder bajar hasta el firmamento y fabricar nubes, ¡incluso pintar el arcoíris! Pero esa es su manera de llegar al firmamento, no la mía.

Mi escalera tiene un total de mil y pico tramos de escalera, y la rama que me ha prestado el roble. La he adornado con flores, hojas y dibujos para llegar a las estrellas cuanto antes.

Colocada la escalera ya solo queda bajar peldaño tras peldaño para llegar cada vez más alto. Me agarro a los lados de la escalera y pie tras pie empiezo a bajar, sintiendo la áspera madera bajo mis manos.

El viento no está de acuerdo conmigo. Con su voz silbante susurra en mi oído:

—Vas a caerte,

nunca lo conseguirás,

ríndete, nadie lo ha hecho antes.

Agita mi pelo y hace que se pegue a mi cara dándome latigazos en las mejillas y metiéndose en mi boca o intentando

entrar en mis ojos. Mueve mi vestido para desequilibrarme, y sopla tan fuerte que me empiezan a llorar los ojos y me cuesta ver delante de mí. Y no solo eso, hace temblar la escalera para tirarla abajo. Pero no soy tonta, y me lo veía venir, porque el viento del este es amigo de los *sabios* y le gusta que las cosas se queden como están, así que he puesto dos pesados sacos de decisión para evitar que la escalera se caiga.

La lluvia que se ha aliado con el viento, eso sí que no me lo esperaba, empieza a dejar caer sus aguas con tanta fuerza que siento como si me cayesen pequeñas piedrecitas en las mejillas. El agua se cuela por mi boca cuando intento respirar haciendo que me atragante, empapando mi falda para que sea más pesada y me cueste bajar. Además, mis manos mojadas y frías empiezan a cansarse y cada vez me duele más agarrarme a la escalera, se me arrugan los dedos y, aunque trato de aferrarme con fuerza, ya apenas puedo sentirlos.

Yo intento no hacerles caso y seguir bajando, pero no puedo evitar que me surjan algunas dudas y que los *marlows* se enganchen a mi vestido, porque cuando alguien me dice algo muchas veces, aunque sé que no tienen razón, no puedo evitar cuestionarme.

—¿Por qué no? O ¿Por qué iban a decirlo tanto si no es verdad? —Y al final, no importa lo mucho que duela, lo acabo creyendo.

La luna intenta sonreírme, darme ánimos. La marea sube y baja indecisa. El viento frío golpea mi rostro con rabia y la luz de las estrellas no es suficiente para calmar mi corazón, cuyo latido me impide escuchar cualquier otra cosa.

Cuando llego arriba comprendo mi error, no importa que haya llegado hasta aquí porque la puerta sigue siendo demasiado pequeña. El viento ruge más fuerte que nunca, sabiendo que se va a salir con la suya, la lluvia me golpea con más intensidad y cuando miro abajo veo que los *marlows* han cubierto la escalera y mi vestido pesa cada vez más. Mis manos doloridas y cansadas se rinden y me caigo.

Y caigo como estrella del cielo.

Y caigo como el último grano de arena.

Y caigo como el lastre de un globo aerostático.

Y caigo como el…

Y caigo como…

Y caigo.

Y.

Y pienso.

Y rápidamente saco mi rotulador del bolsillo y dibujo en el aire un paracaídas, aún sigo cayendo, pero más despacio, balanceándome. Realmente es como una cuna, el mar suena como una nana, el olor a sal y jazmín calma mi corazón. Caigo, víctima del agotamiento, aterrizando en la playa como una pluma y duermo.

3

EL ZORRO DE FUEGO

Al llegar la mañana, me siento realmente mal, me duele todo. El sol empuja mis ojos a abrirse, las gaviotas gritan como una alarma y la brisa, sobrina del viento, acaricia mis mejillas y me susurra al oído:

—Todo irá bien.

Pero ¿cómo va a ir bien? ¡Me he caído! He fracasado una y otra vez. Tal vez no merezca la pena. A lo mejor la noche está bien así. Probablemente no necesita más estrellas, seguro que los ancianos tienen razones para no dejarme pintar estrellas en su cielo ¿y si ese es el problema? ¿y si no soy lo suficientemente buena?

—No puedo —susurro—, no puedo, no puedo.

—¡Basta! —ruge el océano—. ¡Ponte en pie y lucha! ¿realmente vas a dejar que te venzan? Son solo palabras. Solo tienen el poder que tu decidas darles ¡Levántate! —Pero no puedo. Tengo las mejillas empapadas de lágrimas y un nudo atado en la garganta que apenas me deja respirar. Hay un *marlow* en mi pecho que se ha alimentado de todas las basuritas que hay en mi corazón. Es tan, tan pesado que no me deja levantarme.

—**¡Levántate!** —susurra el mar arrastrando con pereza sus aguas por la arena.

Pongo los codos y los antebrazos a la altura de mi pecho bien firmes sobre la arena y me impulso. Pero el peso que hay en mi pecho es demasiado grande y como no me puedo levantar me frustro, y por ello el *marlow* crece, y como crece el peso es mayor.

Dejo caer mi cabeza en la arena apretando muy fuerte los ojos y respirando muy rápido. Como me pesa el pecho tengo que respirar con la tripa, pero no me llega el aire. No puedo respirar.

—¡No puedo! —Mis ojos ya inundados deciden quitarle el tapón a la bañera y mientras las lágrimas caen de mi boca sale una espiral profunda de "no puedos".

No puedo, nopuedo

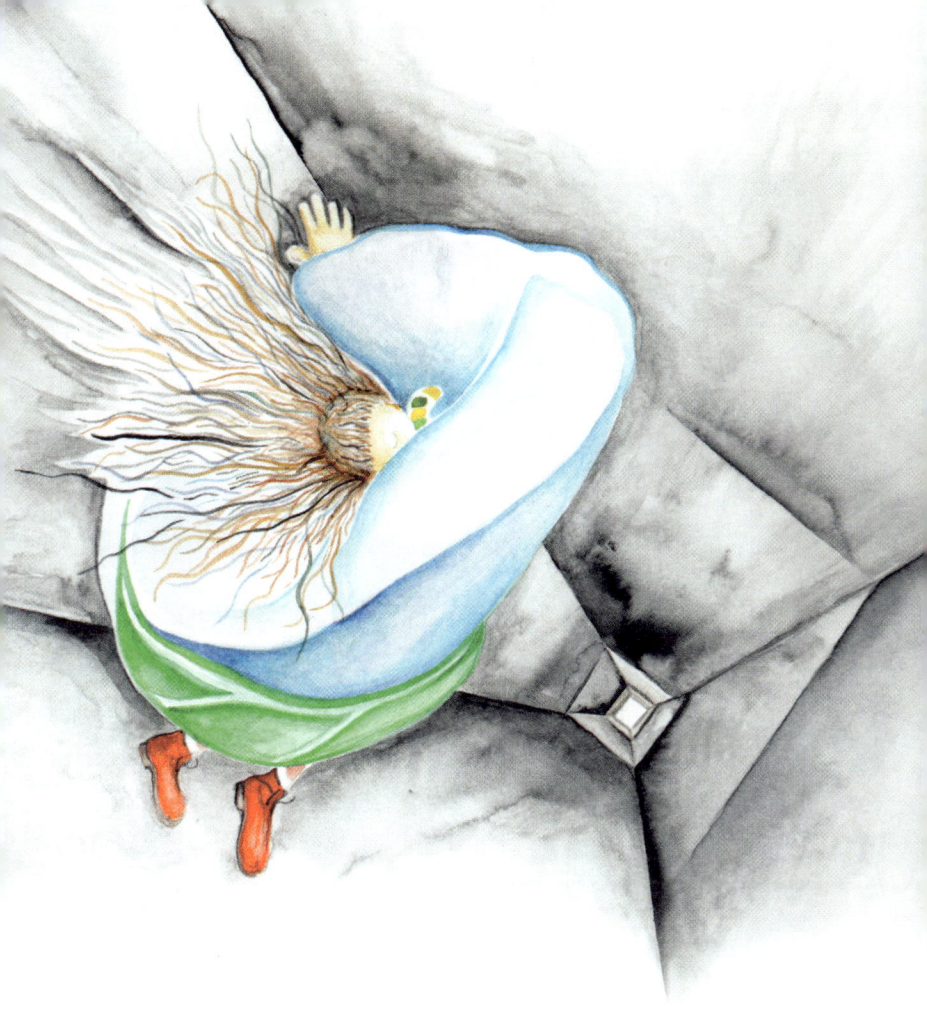

Me veo arrastrada por la corriente de los "no puedos" que han atado una cuerda a mi voluntad y me obligan a caer por un pozo lleno de excusas y razones sin motivo. Empiezo a caer a un vacío. La oscuridad me envuelve. Aunque muevo las manos intentando agarrarme a algo, parece que no hay nada a mi alrededor. Es un poco como cuando el ascensor baja muy deprisa y siento ese tirón en el estómago que me

57

hace cosquillas en la barriga. El agujero por el que me he caído se convierte en un cuadrado más y más pequeño hasta volverse un diminuto punto en el oscuro firmamento. Intento gritar y pedir ayuda, hacer saber a alguien ahí fuera que yo estoy aquí dentro. Pero nadie responde, o a lo mejor estoy tan lejos de la salida que ya nadie puede oírme. Y es que la cadena enganchada a mi tobillo me empuja cada vez más profundo.

Cuando llego al fondo, después de caer por lo que me parece una eternidad, veo una habitación cuadrada de paredes blancas, líneas rectas y números negros. En el centro están escritas las palabras prohibidas, las palabras malditas:

ES IMPOSIBLE

Lo que me faltaba.

Horrorizada me llevo las manos a la boca y grito tan alto que no se puede oír; ¡ya sé dónde estoy! El Hoyo de los Rendidos ¿cómo me he permitido llegar hasta aquí?

Aquí es donde nacen los *marlows*. Nacen de los sueños rotos y las esperanzas perdidas y toman de ellos su primer alimento. La mayoría de los que entran aquí ya no salen nunca.

—Me he caído —Mi voz resuena con eco en la habitación, pero yo no he dicho nada—. He fracasado.

Miro al suelo y veo que mis pies se hunden un poco.

—Tal vez no merezca la pena —resuena la voz de nuevo y mis pies se hunden un poco más.

Entonces me doy cuenta ¡son las dudas! Cuanto más me escucho, más me frustro y cuanto más me frustro, más me hundo.

—¡Basta, basta, basta! —digo tapándome los oídos con los dedos.

"Solo son palabras" recuerdo, "solo tienen el poder que tú decidas darles".

—Mis estrellas van a ser distintas —susurro—. Y noto cómo mis pies suben hasta pisar el suelo, esta vez sólido.

¿Y si yo le doy el poder a mis palabras? Trato de darles a mis pensamientos positivos el poder de dos pensamientos negativos. Así que será como sacudir a los *marlows*. Necesito que las ideas malas se hagan tan pequeñas que ya no pesen.

—Van a ser de muchos colores. —Aparece un escalón, y subo.

—Van a iluminar cosas de cerca y de lejos. —Y otro.

—Van a iluminar desde otro punto de vista. —Otro.

—Van a ser grandes y pequeñas. —Otro.

—Voy a levantarme otra vez.

—Voy a intentarlo otra vez.

—Voy a pintar estrellas.

—Voy a hacerlo.

Y así, pensamiento positivo tras pensamiento positivo, voy saliendo del Hoyo de los Rendidos. Me agarro al borde y doy un impulso fuerte, fortísimo, para salir de allí. Y ahí, en el borde, con la cabeza torcida y gesto como confuso, hay un Zorro de fuego, de ojos color sabiduría y cubierto de llamas anaranjadas y blanquecinas.

59

—Has salido —establece.

—Sí —respondo—. ¿Si sabías que estaba allí por qué no me has ayudado?

El Zorro se encoge de hombros.

—Te habías rendido.

—¿Y ya está? —exclamo indignada—. ¿Ese es tu motivo? ¿Ibas a dejar que me hundiera en la imposible imposibilidad cuando podías haberme salvado?

—Nadie podía salvarte —dice el Zorro lamiendo su pata y atusando su llameante pelo—. No puedes hacer que alguien que no ve colores vea qué rosa es blanca y cuál es amarilla. Y no puedes decirle a alguien que no quiere entender qué está bien y qué está mal. Si te hubieras impregnado de imposibilidad, no importaría que te hubiese sacado, los *marlows* se habrían metido en tu cabeza y oirías sus voces para siempre.

El Zorro se sube a la rama de un árbol para quedar a la altura de mis ojos y continúa.

—Me ha dicho el jirafante que la largartirrana le ha contado que las libeluciérnagas dicen que las flores presumen de que eres la niña que quiere pintar estrellas. ¿Es cierto?

Yo me quedo mirándolo, tratando de seguir el hilo de lo que me ha contado y aunque no desenredo algún nudo desanudable, he entendido la pregunta.

—Sí —asiento—. Cuando encuentre la manera, claro está.

—Bien —dice el Zorro—. Pues queremos ayudarte. Las libeluciérnagas están dispuestas a iluminar tu camino. El jirafante es muy fuerte, así que puede cargar cosas pesadas y las ardillaspincel conocen un atajo. Pero todo depende de ti.

—Oh, ¡gracias! —digo sorprendida. ¿Por qué querrán ayudarme?

De pronto el Zorro me mira como envuelto en llamas y se deshace en una nube de humo. Me quedo pensando en lo que me acababa de decir y en los recursos con los que ahora cuento: la fuerza del jirafante, la positividad de las libeluciérnagas, la agilidad de las largartirranas, la creatividad de las ardillaspincel y la sabiduría del Zorro de fuego.

Ahora solo necesito una *idea*, y el mejor sitio para encontrarla es preguntarle al Gran Sauce, que es uno de los parientes favoritos del Viejo Roble y tan amable como él. El Gran Sauce es un árbol grande con unas ramas que caen como una cortina frente a él, cuyas hojas son *ideas* distintas con objetivos distintos. Pero no, casi mejor no arrancarlas, porque si no el próximo que venga a pedir ayuda no tendrá *ideas* que consultar.

Para llegar hay que pasar por el Valle Imaginativo, la Pradera de los Sueños y cruzar el Puente de la Originalidad. Los nombres no son muy originales, pero no los he elegido yo. Esa es la única manera de llegar al árbol de las *ideas*, o Gran Sauce, que proviene de una familia de árboles sabios y amables.

4

LAGARTIRRANAS

—¡Hola Gran Sauce! —saludo alegre—. ¿Cómo estás?

—HOOOLAAA PEQUEÑAAAAA —dice con su voz lenta y somnolienta.

—¿Qué tal tus *ideas*? —pregunto—. ¿Tienes alguna nueva?

—POR SUPUESTOOOO, DE LA MEJOOOOR CALI-DAAAAAD —contesta.

—¿Te importa si paso? Necesito una *idea* ¡y con urgencia!

—ADELAAANTEEEEE...

Dicho esto, entro por la cortina de *ideas* que rodean el árbol y me siento frente al tronco completamente oculta a los de fuera. Para acceder al árbol de las *ideas* es necesario sentarse en el suelo con las piernas cruzadas, colocar las manos sobre las rodillas y respirar muyyyyyy profundo con la panza.

Una vez que estés cómodo debes acceder a tu fábrica de *ideas*. La fábrica de cada persona es distinta. La mía, por ejemplo, tiene tres cuadrados y detrás de cada uno de ellos hay una palabra clave. Esta es una palabra que puede llegar a ser una *idea*.

Mis cuadrados son distintos, el primero es azul, el segundo huele a lavanda y el tercero es suave como la ternura.

Para tener una *ideas* innovadora es mejor no quedarme con lo primero que se me pasa por la cabeza. Y para orga-

63

nizar todas las *ideas* le doy a cada uno de los cuadrados una característica.

Detrás del cuadrado azul hay un color, del de olor a lavanda una cosa y del suave un "algo". Los "algos" son muy importantes porque son los que les dan a las cosas ese toque especial.

—Así que pensemos, ¿en qué color pienso cuando pienso en estrellas?

En ilusión.

—¿Y en qué cosa?

Pues en una puerta grande para poder entrar.

—¿El algo? Es algo importante, algo que se nos pasa a todos por la cabeza y que no puede faltar.

Que brillan.

Ahora colocamos las tres *ideas* juntas, solo necesitan un empujón para poder ser algo grande, como el estirón que da un niño antes de que le cierren las puertas de las estrellas.

—Ilusión, puerta, brillante.

—Brillante, puerta, ilusión.

—Ilusión, brillante, puerta.

¡Eso es! Necesito pintura brillante de estrellas del color de la ilusión para dibujar una puerta bien grande y poder entrar en el cielo.

Lo primero que necesito son bayas de la alegría, hojas de emoción, una pizca de pasión y una cucharada de polvo de estrellas. Luego se machaca todo y se hierve en agua de luna y ¡BAM! Pintura de estrellas color ilusión.

Tengo bayas de la alegría y polvo de estrellas, pero los demás ingredientes son difíciles de conseguir. Las hojas de emoción crecen en la copa más alta del árbol más inescalable, y el agua de luna se encuentran solo en un lago del monte sombrío. Voy a necesitar ayuda...

—¿Podemos ayudarte? CROAK.

Grito sorprendida.

Allí a mis pies hay un par de lagartirranas. Las lagartirranas son unas criaturillas del tamaño de la palma de una mano. Tienen el cuerpo de una rana, con patita palmeadas y dedos que acaban en bolitas. Pero tienen en la parte de abajo esas rayitas que tienen las lagartijas para escalar, y también tienen cabeza de gecko y cola de lagartija. Hay dos a mis pies, una azul brillante con puntos negros y otra verde con patitas naranjas y una raya amarilla.

¡Perfecto!, ¡marallibrillante! Con el supersalto de las lagartirranas conseguirán las hojas de emoción, y con su capacidad de escalada llegarán al agua de luna sin problemas.

—La verdad es que sí, necesito hojas de emoción y agua de luna ¿creéis que podéis conseguírmelas?

—¡Por supuesto! Croakardo ess un gran sssaltador ¡el mejor de la ciénaga! —responde la azul.

—Y Zsabrina es una increíble escaladora, CROACK. Llegará al agua antes de que cante el perrigallo —contesta la otra lagartirrana.

Una vez con el tema de la pintura en proceso de estar resuelto, me queda pedirles a las ardillaspincel que me muestren el atajo, al jirafante que me ayude a cargar la escalera y a las libeluciérnagas que alumbren el camino.

—Yo acompañaré a Zsabrina para que no se pierda en la oscuridad ¿Crees que podrás hacerlo solo? —le pregunto a Croackardo.

Croakardo asiente, y para fortuna de todos, el árbol más "inescalable" nos pilla de camino. Así que, ¡adelante!

Nos encaminamos por un camino de arcilla que cubre nuestros pies de un polvo rojizo. Croakardo y Zsabrina van brincando a mi lado. Si yo muevo mi pie derecho, la que está a mi lado derecho salta a la vez que mi pie, y si muevo

66

el pie izquierdo la que está a mi izquierda hace lo mismo. El juego es divertido y, como voy distraída, muevo los pies más rápido y llegamos antes.

De pequeña iba con mi abuela a la montaña. Yo siempre me emocionaba mucho y mientras caminábamos nunca despegaba los ojos de la montaña. Pero siempre me frustraba que parecía que la montaña se iba cada vez más y más lejos. La abuela decía que la montaña era muy tímida, así que teníamos que jugar a algo y dejar de prestarle atención. Y por eso, cuando he visto a las lagartirranas saltando a mi lado he pensado que era la perfecta ocasión para pensar en otra cosa. ¡Y llegamos en un pis pas!

El árbol más inescalable es de donde solo pueden comer los jirafantes, porque tiene un tronco muy alto y las hojas empiezan tan arriba que apenas se ven desde abajo. Tiene una corteza suave y es tan ancho que si lo abrazo no me llegan los brazos. Me da un poco de vértigo mirar hacia arriba.

Sería increíble poder llegar allí, haber escalado el árbol más alto e inescalable. Pero me conozco, y sé qué cosas puedo hacer y cuáles no puedo hacer. Y aunque me haría mucha ilusión poder decir que yo he logrado eso, sé que no es lo mío. Me pongo por objetivo ayudar a Croackardo, porque este es su momento. Miro hacia abajo y veo a Croackardo que mira hacia arriba temeroso. Yo me pongo en cuclillas a su lado y froto con mi mano su rugosa y viscosa cabecita amarilla.

—No te preocupes. Como dice Zsabrina, eres el mejor saltador de la ciénaga. Solo tienes que saltar muy alto, si quieres te damos impulso. Pero sé que puedes hacer esto.

Croakardo asiente estirando sus labios en una sonrisa sin dientes, y mira hacia arriba una vez antes de que sus enormes ojos saltones se vuelvan a encontrarse con los míos. Veo en sus ojos el miedo, pero también veo decisión. Me pongo en cuclillas y coloco mis manos para que suba a ellas.

—Una, dos y tres —le digo antes de dar impulso, para que sepa cuando saltar.

Y *salta* tan alto que apenas se vuelve un punto en el horizonte y le pierdo de vista, hasta que veo una rama del árbol sacudirse ligeramente. ¡Lo ha conseguido! Estiro mis brazos hacia arriba y Zsabrina y yo gritamos eufóricas. Junto al árbol aparece una tabla clavada en una estaca de madera, y en ella se lee:

Croackardo, escalador de lo inescalable

Zsabrina y yo sonreímos emocionadas, ¡ahora nadie le olvidará! Será para siempre el referente de todos los seres cuyo sueño sea escalar este árbol. Mi interior vibra de orgullo, y no solo porque sé que yo le he ayudado a llegar ahí, sino porque es mi amigo y que él sea feliz me hace feliz.

Miro hacia arriba y veo a Croakardo bajar hacia nosotras lentamente usando una enorme hoja como paracaídas. Cuando aterriza hay muchos abrazos, felicitaciones y gritos de alegría. Y Croakardo está tan emocionado que no puede dejar de saltar.

Y cuando ve el cartel, ¡buah!, hace que todo hasta aquí haya merecido la pena. Croackardo esta tan feliz que casi puedo ver la alegría bailando detrás de sus pupilas. Y saber que he tenido algo que ver, es uno de los mayores placeres del universo. Cuando por fin se queda quieto, veo que coge una piedra del suelo, blanca y débil que pinta como una tiza y escribe bajo el suyo mi nombre y el de Zsabrina. Yo miro sorprendida y la pequeña lagartirrana a mi lado hace lo mismo, pero Croackardo solo se encoge de hombros.

—Llegar a la cima está muy bien, pero no está bien olvidar quién me ha impulsado —explica Croackardo.

Zsabrina se lanza sobre él y le da un gran chupetón en la mejilla. Estoy casi segura de que es un beso de lagartirrana, pero quién sabe. A lo mejor es su manera de chocar las cinco. Puede que no, no estoy demasiado versada en las costumbres de las lagartirranas.

—Aquí os dejo. Tengo que poner al resto al día. El Zorro de fuego espera noticias y les iré avisando de que se preparen. Pronto volveremos a encontrarnos. —Nos sonríe.

Con un último abrazo y un alegre salto Croackardo se va brincando por donde hemos venido. Le veo marchar, guardo la hoja en uno de los muchos bolsillos de mi falda, y las dos juntas, nos vamos al monte sombrío a por una botellita de agua de luna. Afortunadamente no está demasiado lejos, pero el camino es muy peligroso, es inestable y es muy fácil hundirse y perderse. No es un camino que la gente coja voluntariamente muy a menudo, así que supongo que la pregunta es: ¿qué estás dispuesto a arriesgar para conseguir lo que más deseas?

Nos acercamos a la boca del abismo. Tengo que respirar hondo, tragar con fuerza el nudo que se ha formado en mi garganta y sacudir a los *marlows* que se apilan al lado de mis pies.

Me acuerdo de la última vez que pasé por aquí. Iba con mamá y mi hermano mayor. Ninguno recordamos cómo acabamos en aquel agujero, nadie suele saberlo.

Solo sé que es como túnel. Antes de que nos diésemos cuenta estábamos rodeados de oscuridad, y cuando volví la cabeza no vi ni un atisbo de la luz que hubo una vez tras de nosotros. Cada persona que entra lleva su propio farolillo. Pero yo había oído historias de gente cuyo farolillo se había apagado y había quedado para siempre perdido en la oscuridad.

Recuerdo agarrar mi farolillo con fuerza en una mano, mientras con la otra me enganchaba casi desesperadamente al cinturón de mi madre que cogía su propio farolillo con una mano y con la otra a mi hermano mayor. Mi corazón latía a mil por hora y tenía mucho miedo, no sabía dónde poner los pies, no veía dos palmos por delante de mí.

—¿Mamá? —le pregunté con voz temblorosa—. ¿Qué hago si se me cae el farolillo? ¿O si me caigo yo y se apaga? ¿Cómo me guiaré entonces en la oscuridad?

Mi mamá se quedó mirándome un momento, como perpleja. Los mayores no esperan que un niño pequeño les

71

haga una pregunta importante, porque nuestras cabezas son pequeñas. Pero en realidad, los niños hacemos las preguntas más importantes. El único problema es que las preguntas que son importantes para ellos no son importantes para nosotros. Antes de que mamá pudiese contestar, mi hermano mayor habló por ella.

—Muy fácil, te enganchas a alguien y usas su farolillo para guiarte —explica mi hermano mayor con la cabeza alta.

Mamá le mira con esos ojos cansados que aguantan el peso del mundo y se ríe. Acaricia su cabeza con ternura, sacudiendo sus rizos dorados. Contra todo pronóstico frenamos, y mamá se pone en cuclillas frente a nosotros. Coloca su farolillo en el suelo y nos coge una mano a cada uno.

—Si os caéis, si os tropezáis o si os perdéis y por alguna razón no encontráis el camino de vuelta a mí o a vuestro hermano, no os agarréis a alguien, porque entonces dependeréis de su luz, de su calor. Lo que tenéis que hacer, es encontrar a alguien que esté dispuesto a bajar el ritmo lo suficiente como para que podáis recuperar vuestra luz, y arreglar lo que se haya roto en el farolillo. Pero os prometo esto chicos, si seguís andando, no siempre habrá oscuridad.

Y mamá tenía razón, no siempre hubo oscuridad. Con el tiempo descubrí, que no importaba el frío, la oscuridad; no importaba lo perdida que me sintiese, el dolor o el miedo, porque al final de ese túnel había luz.

Al entrar de nuevo en ese túnel, me veo envuelta otra vez con el miedo, la desesperación, el frío y la oscuridad. El olor a humedad y polvo hace que me escuezan los ojos. Pongo mi luz por delante y sigo andando porque sé que no importa

72

cuántas veces caiga o cuántos *marlows* se me suban encima, hay luz al final del túnel.

Zsabrina y yo salimos corriendo del túnel hacia la luz y no dudamos en frotarla en cada centímetro de nuestro cuerpo.

Los caminos del monte sombrío no son precisamente oscuros, pero la tierra es gris y los árboles son negros, altos y raquíticos. Casi parecen las garras de un gran monstruo y, cuando el viento sopla, las ramas se mueven y parece que nos quieran agarrar.

Zsabrina camina a pequeños saltitos a mi lado, muy pegada a mis pies para que las garras no la cojan. Caminamos despacio entre las nubes que serpentean perezosas por el suelo.

—Essste ssitio no me gusssta —farfulla Zsabrina—. Me da mala essspina.

—Tranquila. En nada estaremos de vuelta en casa. —Sonrío. Pero mis miedos me clavan las uñas en la piel, siempre preparados para hacer que salga corriendo.

Como no estoy mirando dónde piso me tropiezo, caigo en el suelo de rodillas y un dolor agudo atraviesa mis huesos y las palmas de mis manos, donde me he clavado las piedrecitas que hay en el camino.

—Pas, Pas —me digo a mí misma, como hace papá—. Sigue adelante.

Me levanto, me sacudo el polvo y según empiezo a caminar el dolor desaparece.

Cuando miro hacia atrás me parece ver a alguien caerse, y siento el dolor otra vez en mis rodillas y en las palmas de mis manos, pero yo sigo de pie ¡Qué extraño! Después de caminar un rato, vuelvo a mirar otra vez hacia atrás, esta vez la figura parece frustrada y le da una patada a la piedra. Yo siento el dolor en la punta de los dedos de mis pies. ¡Qué curioso!

Zsabrina salta a mi lado. Tiene tanto miedo de lo que pueda llegar a ver que no aparta la vista del frente. Pero yo soy demasiado curiosa. Así que, aunque el miedo me susurra que siga caminando, no puedo evitar mirar hacia los lados, y es precisamente por eso que no veo las garras del árbol que me dan en la cara. Tontamente agradezco que Zsabrina no lo haya visto. No pasa nada, todo el mundo se tropieza alguna vez. Ya casi hemos llegado a la cima de la montaña y no puedo evitar mirar hacia atrás. La figura distraída choca contra una rama, y yo siento el latigazo contra mi cara.

—¿Qué está pasando aquí? —pregunto. Mi voz, que rebota contra la montaña vuelve a mi sonando temerosa y angustiada. Pero la voz que me devuelven los árboles suena divertida y emocionada.

Y entonces caigo en la cuenta: es mi sombra. Como la montaña está tan oscura se ha quedado atrás y cada vez que miro hacia atrás siento el dolor que sentí al tropezarme antes. Decido entonces que será mejor mirar hacia delante, porque mirar hacia atrás duele demasiado.

75

5

PERSONAS DE CRISTAL

Por fin llegamos a una pared vertical con pequeños salientes en los que crecen diminutas flores de cristal. Miro a Zsabrina y me pregunto si podrá hacerlo. Está muy alto.

—¿Estás segura? —le pregunto, mirando hacia arriba.

—Cuenta conmigo camarada —me responde estirando sus viscosos labios en una larga sonrisa.

De un salto va de saliente en saliente y pronto la pierdo de vista. No soy una persona muy paciente, no me gusta mucho esperar, así que he decidido dar una vuelta. Desde el camino veo algo sorprendente en el valle:

—¡Personas de cristal! —susurro emocionada.

No son un poco como nosotros, en vez de carne y hueso están hechos de cristal, incluso tienen colores como las vidrieras de las iglesias. Hacen su vida con normalidad y tienen allí construida una pequeña aldea con un colegio, un ayuntamiento, incluso un parque. La única diferencia es que son más frágiles que nosotros. Y por eso son las criaturas más fuertes que hay, porque, aunque saben que es muy probable que se rompan, salen y viven de todas maneras.

Desde aquí puedo ver personas de todos los colores que viven en armonía. Algunas de ellas están ligeramente rotas otras lo están mucho. Para arreglarse necesitan todos los trozos que se han esparcido, y para pegarlo usan un líquido dorado. No vuelven a ser iguales, pero de pronto sus partes más bonitas son las líneas que han quedado al reconstruirse.

Los que no encuentran todas sus partes son una historia distinta. En vez de su mano o su pierna, hay unos puntiagudos y mortalmente afilados trozos de cristal rotos. Es por eso por lo que son muy peligrosos. No es que sean malas personas. Como los humanos de carne y hueso, unos lo son y otros no.

Hay algunos rotos que están tan desesperados porque alguien les ayude que cuando alguien les ofrece ayuda se agarran a ellos con desesperación. No siempre controlan su fuerza, y algunas veces, sin querer te cortan o te rompen.

No lo hacen con maldad. Aun así, siempre es buena idea ir con cuidado.

Otros rotos son distintos, están tan llenos de odio y de envidia que su cristal se ha empañado y no ven con claridad.

—No merecen lo que tienen —se susurran a si mismos mientras caminan por el bosque cómo almas sin rumbo—. Lo han tenido más fácil. Se creen mejor que yo.

Que eso sea verdad o no, no parece importarles. A veces van directos al grano a romper a los demás, a convertir sus cristales en trozos tan pequeños que no puedan encontrarlos. A otros rotos macabros les gusta jugar, les gusta acercarse y hacer creer a los otros que puedes confiar en ellos. Y luego, cuando se han ganado la confianza de su víctima, la rompen poco a poco hasta que no es más que polvo. Es importante aprender a reconocerlos y mantener la distancia.

A mí me dan más pena los que han dejado de buscar sus cachos, han asumido que están demasiado rotos y ya no pueden arreglarse. Con un trapo se enrollan el brazo roto para no hacer daño a nadie y continúan con su vida, pero para mayor seguridad no se acercan demasiado al resto.

Se quedan aislados, perdidos, rotos.

Y con los humanos de carne y hueso no es tan distinto, supongo que dentro todos tenemos un corazón de cristal.

Mientras observo ensimismada la luz de los rayos de sol atravesar las hermosas personas de cristal oigo la voz de Zsabrina llamándome desde arriba. Brincando hacia mí con el frasco de agua en la boca.

—¡Maravilloso! —le digo—. ¡Un trabajo excepcional!

Ella me sonríe.

—Hala, aligera el passso, niña. Que la pintura no esssstá hecha y aún quedan muchassss cossasss a medio acabar.

Para crear la pintura de estrellas necesito volver a casa, Papá Oso dice que uno jamás debe recorrer el mismo camino que le ha llevado hasta donde está. Por el simple hecho de que uno ya ha visto todo lo que tenía que ver, y ha aprendido todo lo que tenía que aprender acerca de lo que ha aprendido. Y si desanduviésemos todo lo que andamos, nadie nunca llegaría a ninguna parte.

"El mundo está lleno de curiosidades curiosísimas, así que nunca has de seguir

79

tus propias huellas cuando hay otro camino por explorar." Siguiendo el consejo de Papá Oso, Zsabrina y yo continuamos nuestro viaje caminando siempre hacia delante.

A mí me encanta perderme, porque siempre acabo por descubrir cosas nuevas y hacer nuevos amigos. Ahora no estoy segura de cómo volver a casa. Mi mamá dice que para saber a dónde voy, tengo que saber de dónde vengo. Pero yo no me acuerdo de cómo llegar.

Zsabrina y yo llegamos a una encrucijada. Tres caminos en tres direcciones distintas. Uno hacia el norte, otro hacia el este y otro hacia el sur. No sé qué camino escoger, hay tres opciones, tres caminos que se entremezclan y llegan a diferentes sitios.

El camino del medio es ancho, espacioso e iluminado. Sin bache alguno. Los de los lados son más escarpados, tienen baches, rocas y recovecos que pueden dificultar el camino.

Todos los seres que pasan van por el camino del medio, por alguna razón nadie coge los caminos de los lados. Las criaturas son de todas las formas y tamaños y vienen de todas direcciones, pero todos parecen estar yendo al mismo sitio con el mismo objetivo.

—Vamosssss —dice Zsabrina echando a caminar hacia delante.

—Pero ¡espera! ¿A dónde vas? —le pregunto tirándole de la cola para atrás.

—Vamoss por el camino del medio —insiste.

—Pero, ¿sabes a dónde va ese camino? —le pregunto sorprendida.

—No, pero esss el camino que todos sssiguen, assí que ssseguro que ess el correcto. Ademáss, ess el máss fácil. Y los demás son escarpados y oscurosss —argumenta.

Yo me quedo mirándola con el ceño fruncido.

—¿Qué clase de argumento es ese? Lo difícil que sea el camino no importa, si tienes claro a dónde quieres llegar. —Es como dice el Gato de Chesire, si no sabes a dónde vas, el camino no importa. Pero yo sí sé a dónde quiero ir, así que el camino que escoja, sí que es importante.

Zsabrina y yo nos quedamos mirando a la gente pasar. Todos caminan decididos hacia delante y solo unos pocos se paran a mirar los otros caminos. He decidido estirar la mano y elegir a una chica entre la gente que pasa. A mi lado se para una chica de aspecto normal, con un corte de pelo normal, y una ropa para nada extravagante.

—Perdona, estamos un poco perdidas, sabes qué camino lleva a...

—El camino del medio —me interrumpe.

—Pero aún no te he dicho a dónde vamos —le replico.

—Da igual —continua—, todos los que quieren llegar a alguna parte en la vida cogen el camino del medio. Pero es un camino muy largo y no todos se atreven a cogerlo. Por eso los vagos y los fracasados cogen los otros caminos —dice echándose el pelo por encima del hombro.

—Los otros caminos tienen pinta de ser complicados, ¿estás segura de que no llevan a ninguna parte? —le pregunto alzando una ceja.

—No llegan a ninguna parte que merezca la pena —insiste.

—¿Y cómo lo sabes? —le pregunto.

—Es lo que todo el mundo dice. Que los que no cogen el camino que cogemos el resto es porque no dan la talla, son como... personas de segunda. No lo sé. Por eso todos cogemos el camino del medio.

Yo la miro confusa. Para mí sus palabras no tienen sentido. ¿Por qué iba a ser alguien menos, solo por coger un camino distinto?

Desde aquí puedo ver los caminos difuminarse en la distancia, las cabezas de los seres que los rondan, el murmullo de sus voces, los troncos de los árboles, las hojas, el olor de la hierba, y al final el camino se vuelve tan finito que no alcanzo a ver dónde acaba.

—¡Necesito cambiar de perspectiva!

Con un brinco corro hacia el árbol más cercano y subo todo lo que puedo antes de colgarme bocabajo de una rama. El truco está en ver más allá de donde alcanza la vista. El camino de arriba lleva a alguna parte en las montañas y no hay ninguna montaña cerca de mi casa. El del medio da a una especie de ciudad con pequeñas columnas de humo que salen de chimeneas y una gigantesca que sale de una chimenea monumental. Por último, el camino de la derecha da a un bosque que se ondula como un océano verde sobre las colinas. Mi casa está en una colina y en la linde de un bosque, así que seguro que es mi bosque. Me lo dice mi panza y como dice Papá Oso: mi panza no se equivoca.

—Es por la derecha —le digo a Zsabrina bajando del árbol de un salto.

—¡Pero ya hasss oído a essa chica! Todoss loss que quieren llegar a alguna parte van por el medio —insiste ella.

—Nosotras no queremos ir a "alguna parte", no queremos llegar muy lejos, queremos llegar a casa. Y a casa se va por ahí —digo decidida señalando con un dedo.

Zsabrina y yo tomamos la difícil decisión de ir contra corriente y tomar nuestro camino "correcto" ignorando la mirada de desdén de los demás. Puede que este camino no sea tan largo, pero tiene sus propias dificultades. Parece estar sumido en las tinieblas y Zsabrina y yo caminamos solas rodeadas de un silencio abrumador que se diferencia mucho del parloteo del camino principal.

6

MI AMIGO OKIN

La gris arena dibuja en el aire remolinos de polvo mientras caminamos. Es cada vez más oscuro. Según nos alejamos del camino del medio, los árboles se vuelven negros y esqueléticas ramas echan sus astilladas manos hacia el cielo, intentando recoger la más mínima gota de luz que pueda cruzar la capota de nubes grises que cubren el cielo. Las raíces curvadas salen en la mitad de la tierra para pillar por sorpresa a los caminantes distraídos.

El viento, o tal vez algún búho travieso, nos susurra al oído y rompe las ramas frágiles de los árboles.

¡Crack!

—¿Hola? —Me giro, pero no hay nadie. El camino está vacío y Zsabrina y yo lo recorremos como almas en pena, con la cabeza gacha y lo ojos fijos en el horizonte.

Es un poco como el monstruo travieso que hay en mi habitación, a quién le gusta mucho jugar al escondite. Cuando me voy a ir a dormir y me arropo, el sale y se sienta en la silla que hay junto a mi cama. Pero cuando enciendo la luz se esconde, y en la silla solo queda una bata y un sombrero de fiesta. El monstruo no habla mucho, y la verdad es que al principio me asustaba tenerlo ahí. Pero después de ver que no me hacía daño, llegué a la conclusión de que, si me asustaba a mí, también asustaría a los que sí quisieran hacerme daño.

Me gusta pensar que está ahí cuidando de mí para asegurarse de que los *marlows* no se disfracen de sueños y me traigan pesadillas.

También es verdad que, caminando por este camino, hemos visto cosas maravillosas que no habíamos visto antes. Hay, por ejemplo, unas flores preciosas con el centro brillante colgadas de las ramas de los árboles que se curvan sobre nuestras cabezas y me recuerda mucho a mis estrellas. Aunque basta un pequeño golpe de un patorciélago patoso para que salga de mi error. En cuanto las ramas tiemblan, miles de mariposas brillantes salen disparadas de las flores de las que se estaban alimentando, moviendo tan rápido las alas que parece que seamos nosotras las que flotamos entre las estrellas. Y las flores, al perder el brillo de las mariposas, se quedan nada más que con su delicada y natural belleza.

—Mis estrellas van a ser así de bonitas —le digo Zsabrina. Una brillante mariposa se posa en mi mano y deja tras de sí un polvo casi como de hadas.

—Yo algún día volaré como ellass. Inclusso másss alto. —responde Zsabrina con un brinco.

—¿Volar?

—Sssssi, esscalando sse ven muchass cossas. Pero volando todavía massss —Zsabrina dice.

—Pero las lagartirranas no vuelan —digo yo confusa—. No tienes alas.

—Y lasss niñass grandess no pintan esstrellass. Y aquí esstamosss.

Paro en el camino, mirándola con atención. Zsabrina ha llegado hasta aquí

86

para ayudarme sin pedir nada a cambio. Sin dudarlo y sin preguntas. Ayudarla a ella es lo mínimo que puedo hacer.

—Pues tienes razón. Cuando todo esto termine te voy a construir unas alas como las de un dragón.

Zsabrina ríe. No sé si me cree, pero bueno, si las niñas pueden pintar estrellas las lagartirranas pueden volar.

Como el camino es largo, hemos visto hermosas lagunas y magnificas montañas. Hemos conocido a personas distintas y maravillosas. Uno particularmente, un chico un poco más alto que yo. Se llama Okin. Es muy sensible a los sonidos; es tan sensible al tacto, que como le molestan las costuras de los calcetines se los pone del revés; tampoco le gustan mucho los sabores que no conoce y detesta los cambios. Todo esto no solo es porque es un chico gato, como demuestran las orejas puntiagudas que se asoman por encima de su melena azulada y la oscura cola en la parte de abajo de su espalda, sus enormes ojos verdes y rasgados o esos colmillos que se asoman como agujas cada vez que sonríe.

Okin es de "Sever la arreit" y allí hacen las cosas distintas. Los materiales son más suaves, los sonidos más melódicos y menos estridentes. Y como hacen las cosas distintas también sienten las cosas distintas, un poco más intensas. Okin no es feliz, está siempre extasiado. Si se enfada está furioso, si se siente triste se deprime, y si se frustra es el fin del mundo, porque Okin siente más.

—En Sever la arreit uno siempre dice lo que piensa —nos explica Okin—. Por eso a veces puedo ser un poco demasiado honesto y ofender, sin querer, a los demás. Pero no lo hago con ninguna maldad.

También le gustan mucho las normas, pero solo y exclusivamente las que entiende o están bien argumentadas. ¡Y es más listo que el hambre! porque el hambre no es capaz de recordar todos los países y sus capitales, ni se sabe todos los planetas de la galaxia.

Aunque eso sí, solo se acuerda de lo que le interesa. Y la verdad es que su cabeza va un poco más rápido que las nuestras, y acumula tanta información que llega un momento que tiene que tirar toda la información innecesaria, como cuando limpiamos nuestro cuarto.

—¿Y tú, a donde vasss? —le pregunta Zsabrina.

—La verdad es que a ninguna parte. Yo he venido a hacer amigos, en Sever la arreit ya conozco a todo el mundo. —Okin se encoge de hombros y le da una patada a una piedra.

—¿Entonces, porque coger este camino? El del centro es más fácil —le pregunto yo, dándole una patada a la misma piedra.

—Demasiado fácil. Si algo me aburre me distraigo con facilidad y no llego a ninguna parte. Aquí al menos las cosas se mantienen interesantes. Además, la gente del otro camino era un poco... como el arroz blanco. Sosa.

Zsabrina y yo reímos, y nuestras risas hacen eco en el bosque como pequeños fantasmas que se mueven entre los árboles.

—Seguro que alguno majo hay —comento divertida.

—Estadísticamente, es probable. Pero los que he conocido yo son la razón por la que la mayoría de la gente que viene aquí de Sever la arreit se esconden las orejas debajo de gorros y la cola dentro del pantalón. —Okin levanta la rama de un árbol para que Zsabrina y yo no nos demos al pasar.

—¿Y essso? —pregunta Zsabrina, saltando al hombro de Okin que la mira ligeramente alarmado.

—Bueno... a los derechos no les gustan las cosas distintas. Y tendéis a ser bordes con lo que no entendéis.

—¿Derechos? —pregunto alzando las cejas—. Nunca me habían llamado una derecha antes. ¿Debería ofenderme?

—Sí, cada vez que uno de vosotros viene a Sever la arreit se queja de que nada está del derecho y todo está del revés. Así que nosotros os llamamos derechos y creo que muchos de vosotros nos llamáis los del revés.

Yo asiento. Razón no le falta. He conocido a mucha gente que no le gustaba la gente diferente, porque fueran más listos, les gustasen cosas distintas o vistieran de manera inusual.

Como aquella chica que no le gustaban las personas que no cogían el camino principal. Igual de inverosímil. Aunque el caso más radical que conozco es el de los cuadrados.

Los cuadrados son unos seres curiosos. Antes de llamarse "los cuadrados" tenían una forma indefinida con brazos que salían de aquí o allá y eran de muchos colores distintos con unos enormes ojos redondos y una sonrisa como una luna menguante. La cosa es que a los cuadrados les encanta encajar, y había tantos de ellos buscando encaje que era muy complicado encontrar otra persona que encajara con sus peculiaridades.

Dicen los ancianos que un día un cuadrado se encontró con un panal de abejas, y quedó fascinado por la manera en la que todos encajaban con todos sin tener bultos y peculiaridades. Así que, llevó su descubrimiento a su aldea, donde

al igual que él, todos quedaron fascinados por las celdas del panal de abejas. Hicieron una reunión con todos los jefes de las aldeas y organizaron un concurso para ver a quién se le ocurría la mejor idea para lograr encajar como los hexágonos del panal.

Miles de ideas volaron sobre la mesa de peticiones, pero nadie escuchaba a los demás. Así que, al final, no se trataba de quién tenía la mejor idea si no de quién la decía más alto. Y la que ganó, no fue la mejor idea, ni la más difícil, ni la más pensada o más ingeniosa. De hecho, la idea ganadora era tremendamente estúpida.

—A partir de hoy a todos los bebes se les hará crecer dentro de un molde cuadrado, para que cuando su forma se asiente sus líneas sean rectas y encajen con los demás sin problema, como los melones, que si los pones en un molde cuadrado crecen cuadrados —anunciaron con orgullo.

Pero no tuvieron en cuenta lo doloroso que es para un niño crecer en un molde en el que no encaja, que le quita todo lo que le hace especial y diferente. Y no solo les obligaron a crecer dentro de ese molde, sino que les metieron en la cabeza que era malo no tener líneas rectas, que era malo ser distinto a los demás.

Así que, los anteriormente alegres, poliformes y divertidos seres son ahora cuadrados. Han perdido su color y su forma original para encajar en la sociedad que les han dejado los adultos. Ahora son cuadrados, son seres grises de ojos cuadrados y bocas cuadradas. Pero eso sí, encajan. Tienen que hacerlo, porque si uno de esos cuadraditos no termina de hacerse con el molde y no se convierte en un

cuadrado perfecto los demás cuadraditos lo rechazan y son malos con él. A veces solo lo hacen para ocultar sus propias peculiaridades.

Yo creo que se han olvidado de la alegría que da encontrar a alguien que encaja contigo de verdad, que te quiere por lo que eres y no por lo que los demás quieren que seas. A mi padre y a mí nos encantan los puzles complicados, con mil piezas o más. Una vez hicimos un puzle dificilísimo, y cada pieza que conseguíamos encajar era una tremenda alegría. Por eso nunca he entendido porque renunciaron a encontrar a ese cuadrado que te complementa o a ese amigo que va contigo a donde vayas, hagas lo que hagas. Yo tengo dos de esos, y no los cambiaría por encajar con todos los demás.

Okin camina junto a nosotras con las orejas pegadas a la cabeza, como si estuviera asustado, pero probablemente son demasiados estímulos para él. Va mirándolo todo con los ojos muy abiertos, observando, analizando todo y tratando de comprender este nuevo mundo que lo rodea. Mientras paseamos me va contando datos curiosos de los árboles a nuestro alrededor y de las leyes de la física que nos acompañan constantemente. La verdad es que me da un poco de envidia y me siento un poco tonta al escucharle, porque lo dice como si fueran las cosas más obvias y sencillas del universo, pero a mí me cuesta comprenderlo. Aun así, lo encuentro fascinante, porque es de las personas diferentes, de las que más suelo aprender.

En un claro por el camino hemos encontrado uno de esos parques en los que los de la tercera edad se sientan a jugar a juegos de mesa.

—¡Oh, genial! Juegos de mesa. —Okin va dando saltos hacia un tablero de cuadrados blancos y negros y se sienta a esperar un contrincante—. ¿Juegas?

—No se me da bien, lo siento. —Sonrío.

—Ni a mí —se lamenta Zsabrina.

—A mí me encantan los juegos con reglas claras, es mucho más divertido si sé exactamente como me puedo mover. ¿Os importa si esperamos un rato a alguien que quiera jugar?

Zsabrina y yo nos encogemos de hombros y nos sentamos en el suelo a hacer coronas de flores mientras Okin pre-

93

para el tablero. Así que solo nos queda esperar a que alguien acepte su reto.

Esperamos durante un buen rato a que pasara alguien, pero no es un lugar muy concurrido. Por fin, cuando Okin empieza a desesperar, se acerca un *sabio* con una túnica azul y una larga barba roja. Se sienta en frente de Okin que, como tenía el juego de piezas blancas, hace el primer movimiento: dos cuadrados hacia delante. Según avanza el juego, se hace claro para mí que están jugando a juegos distintos. Mientras los movimientos de Okin son complicadas jugadas, el *sabio* hace movimientos simples: hacía delante, en diagonal o hacia los lados.

Jugada tras jugada, cada uno empieza a frustrarse más. El viejecito se ha puesto tenso y mira a Okin con una mezcla de confusión y desdén como si estuviera pensando:

—¡Este crío se cree mejor que las normas! O ¡Seguro que se cree muy listo por tomarme el pelo, qué impertinente!

Okin por el contrario parece muy confuso como si pensara: ¿Es que acaso este señor no sabe jugar al Zerdeja?

No parece que Okin entienda las reglas que sigue el señor. No tienen lógica ¿Por qué hacer movimientos tan simples cuando se puede hacer movimientos más complicados?

El viejecito se va enfadando cada vez más. Parece creer que le estaban tomando por tonto porque Okin no estaba dispuesto a adaptarse a sus reglas. Ambos se frustran y los movimientos son cada vez más agresivos. Ponen las fichas con tanta fuerza en el tablero que hace que el pequeño mundo a cuadros se tambalee.

—¡No lo estás haciendo bien! —exclama Okin. Los *marlows* se enganchan a sus bombachos azules y se cuelgan de sus mangas de seda balanceándose como niños en un parque.

El *sabio* da un fuerte golpe con los puños que hace a Okin dar un pequeño brinco en su asiento. Se levanta muy bruscamente y gruñendo y refunfuñando decide darse la vuelta e irse. Okin se le ha quedado mirando con los ojos muy abiertos, se le han llenado de lágrimas y se ha enfadado tanto que ha pasado las manos por encima de las fichas, tirándolas y desmoronando así toda la partida.

—¡No lo entiendo! —solloza Okin—. He seguido todas las normas. No he dicho nada desagradable ¿Por qué no quiere jugar conmigo?

—¿No te has dado cuenta, Okin? —Le pongo una mano en el hombro con cariño—. Estabais jugando a juegos distintos. Tú estabas jugando al ajedrez y él estaba jugando a las damas.

A lo mejor Okin podría haber prestado más atención a sus movimientos, o preguntar a qué quería jugar. Aunque también es verdad que el viejo amargado podría haberle dicho qué le molestaba antes de explotar e irse. Hay personas que no saben comunicarse, no importa lo viejos que sean, y eso no es culpa de Okin.

—Yo solo quería jugar al Zerdeja.

—Vamos a hacer una cosa —le digo sonriente—. Explícame las reglas y la próxima vez juego yo contigo.

Okin se limpia las lágrimas con la manga y asiente aún un poco triste. Cualquiera diría que los ancianos serían más pacientes o comprensivos. Yo encuentro que, aunque los mayores se crean más listos, les encanta tener razón y son muy orgullosos. No les gustan las cosas distintas.

Papá Oso dice que tienen miedo ¿Cómo saben que eso que no entienden no les va a hacer daño? ¿Cómo saben que los cambios que van a traer son buenos? Por eso les enseñan a sus hijos que las cosas distintas son malas. Y los niños son como bizcochos absorbiendo leche, aprenden lo que les enseñas y luego son malos con las personas distintas. Por eso mi madre dice que hay que mantener la mente abierta, para que los miedos no se crean muy importantes y los *marlows* no se te metan en la cabeza.

Pasito a pasito vamos avanzando. Parece que caminemos dándole cuerda a un reloj que mueve sus segundos con nuestros pasos. El tiempo va avanzando a nuestro lado, aunque nunca a la velocidad a la que querríamos que fuese. No le vemos ni le hablamos, pero de vez en cuando, desde nuestra muñeca o desde la pared nos recuerdan que sigamos adelante, que la vida es muy corta para estar de pie en el mismo sitio. Hemos pasado por el bosque de la navidad donde los árboles tienen caspa, un polvo blanco y frío que la mayoría de nosotros llamamos nieve, y pequeñas flores fulgurantes que se agrupan en líneas de nueve.

Pronto estamos enzarzados en una blanca y fría batalla de bolas y dibujando ángeles en el suelo. La nieve hace CRUNCH debajo de nuestros pies, y nuestras narices, envidiosas de Rudolf el reno, se han puesto rojas como tomates. Hay luces en los árboles como hadas brillantes y las bolas cuelgan como manzanas. De alguna parte se escuchan cascabeles y otros niños como nosotros se deslizan en trineo por las dunas nevadas.

Es entonces cuando escuchamos una música alegre y muchas voces que ríen y cantan. A Okin se le ilumina la cara.

—En Sever la arreit se baila mucho —exclama Okin—. Y yo soy un gran bailarín. ¡Vamos a bailar!

Sin preguntar dos veces, echa a correr hacia la música con la ilusión dibujada en su rostro. Yo me río y corro tras él con Zsabrina en mi bolsillo, porque a las lagartirranas no les gusta mucho el frío.

7

LA FIESTA

La fiesta se celebra en torno a una gran hoguera. La gente baila alrededor entrelazando los brazos y haciendo cadenetas de personas. La banda toca con trompetas, tambores y guitarras haciendo que la gente se mueva a su compás. Un poco más lejos de la pista de baile, una larga mesa llena de humeante y deliciosa comida llama a los más glotones que se reúnen a charlar a su alrededor. He dejado a Okin bailando en la pista de baile y me he acercado a coger un par de chocolates con churros ¡Con este frío nada mejor que algo dulce y calentito!

Al volver a la pista de baile me he encontrado a Okin sacudiendo los brazos y las piernas como un muñeco de trapo, no escucha la música, ni presta atención al ritmo y espanta a la gente que baila a su alrededor.

—¡Para Okin, quieto! —le digo al alcanzarle—. ¿Qué estás haciendo?

—Estoy bailando —me responde confundido; entonces baja la cabeza con tristeza y añade—: pero nadie quiere bailar conmigo.

—Porque les da miedo que les vayas a dar —río cogiéndole de los brazos—. Está genial que bailes como te apetezca, ¡pero no bailas solo, Okin! Manos en tu área y ten cuidado de no golpear a nadie. A los que les guste tu baile bailarán contigo, los demás no son importantes.

99

—A lo mejor sería más fácil bailar como los demás —responde.

—Jamás cambies tu forma de bailar porque a otros no les guste, Okin. Nunca. No le vas a gustar a todo el mundo. Eso ya lo sabes. Pero eso no significa que tengas que dejar de ser "tú" para ser "ellos" ¿entiendes? Porque de cada uno de "ellos" ya hay uno, pero "tú" solo te conozco a ti. Solo deja que se acerquen y no los espantes como a moscas —sueno un poco como mi madre, porque ella ha tenido que repetirme ese discurso muchas veces. Yo soy de las que tropieza con la misma piedra cuatro veces antes de acordarse de que está ahí.

Muchos mayores de visión estrecha me han dicho cosas como: "deja de darles razones para que se rían" o "actúa como una niña normal".

Pero eso no tiene sentido. Las personas estamos diseñadas para ser diferentes, para encontrar amigos que nos quieran por nuestras diferencias y a pesar de ellas. El mundo sería aburridísimo si todos fuéramos iguales.

Okin camina tímidamente a la pista de baile y una vez allí empieza a mover la cabeza al ritmo de la música, luego los pies, los brazos, las piernas y acaba saltando agitando los brazos al ritmo de la música y girando sobre las puntas de sus pies como una peonza.

Pronto, un grupo de personas se acerca a bailar con él y Okin se pone nervioso y se tropieza. Desde mi sitio puedo ver como aguanta la respiración y mira a la gente de su alrededor con miedo, como esperando que alguien se ría de él. Pero nadie lo hace. Okin coge confianza y empieza a divertirse. Decide cambiar la coreografía un poco para incluir a los demás. Al chico a su lado le hace gracia y empieza a imitarle y uno tras otro todas las personas que bailan han añadido el baile de Okin a la coreografía y él no puede estar más feliz.

—Ves Zsabrina. Ya dije yo que alguien se acercaría.

Verle bailar alegre y acompañado me hace sonreír. A Okin no suele gustarle llamar demasiado la atención, que le miren mal o se rían de él cada vez que se equivoca. Para mí es peor que ni siquiera te vean.

Es un poco como sentarse en la fila del medio en clase. A los niños más listos, inteligentes y trabajadores los sientan en la fila de atrás, porque no necesitan ayuda; a los problemáticos que se distraen con facilidad delante, para que el profe los tenga controlados. Y así, el profesor ya tiene colocados a los niños participativos que no requieren de atención y a los que, aunque no la quieren, necesitan más atención. Pero los de la fila del medio... nos perdemos.

Yo era uno de esos niños, y déjame decirte que no es una experiencia agradable. Recuerdo que a veces era como si hubiese sacado del baúl una capa de invisibilidad y me la hubiese echado por encima. Los profes se pasaban los días felicitando a los de las últimas filas y regañando a los de las primeras.

—Responde la pregunta, Ana —le decía a una niña de la última fila.

—Daniel, deja de hablar —regañaban a un chico de la primera.

—Enhorabuena por tu última nota, Thomas. —Sonreía el profesor.

Pero a los que no hablábamos ni sacábamos buenas notas no nos decían nada.

Parecía que para llamar la atención de algún adulto había que hacer algo extraordinariamente bueno o terriblemente malo. Y cuando te dan dos caminos que no te encajan, te acabas perdiendo.

Nos convertimos en humo, un humo que casi no se ve. Y yo quería dar saltos y gritar: "¡estoy aquí, estoy aquí, ayudadme!"

Yo pensaba que pedir ayuda era de críos. Y que, como yo era una niña mayor, tenía que aprender a arreglar mis problemas yo sola. Grave error.

Tuve un profesor especial que me enseñó que, aunque no se me diera bien la memoria o la lógica, se me daba bien crear con las manos. Me encantaban las plastilinas, los cuentos, los dibujos, las historias y de alguna manera creó un camino que yo supiera recorrer, aunque no fuera el de mis compañeros.

—Nadie se merece desaparecer, o confundirse con el fondo —me dijo un día mientras yo me peleaba con la historia—. Aunque tengas la sensación de que el mundo te pasa por encima, o que nadie se daría cuenta si desaparecieses, siempre hay alguien a tu lado. Alguien dispuesto a ayudar, alguien que te ve. Y solo hace falta pedir ayuda.

De todos modos, hay que estar atento, porque hay personas de cristal, rotas, que intentarán romperte haciéndote creer que solo ellos pueden verte. Pero la experiencia me ha susurrado al oído que más de una persona lleva esas gafas especiales con las que se puede ver lo mejor de ti.

Todos importamos. Y ni tú ni yo somos la excepción de esa regla.

Okin me saca del mundo de los recuerdos ofreciéndome una mano para salir a la pista de baile y unirme a él y a sus nuevos amigos. La verdad es que desde que le encontré no le he visto tan feliz. Parece que nuestro pequeño "sever la arreitense" ha encontrado su lugar y cumplido su meta. Y yo también cumpliré la mía, pero la aventura puede continuar después del último baile.

8

LA CAPA GRIS

Al terminar la fiesta, Okin se despide de mí con un gran grandísimo abrazo.

—Acuérdate de que la amistad con los derechos hay que cuidarla, ¿vale? —le digo a Okin—. Hay que prestarle atención de vez en cuando, como esas plantas de hogar que a mí siempre se me acaban muriendo. Y si pasa cualquier cosa o necesitas algo, ya sabes dónde vivo.

Así que, con la panza llena y después de haber descansado un poco, Zsabrina y yo retomamos nuestro camino.

El cielo se quita su oscuro pijama y juega a decidir qué ponerse; prueba con el rosa, el dorado, el naranja y el morado antes de decidirse por el claro azul de siempre. Zsabrina y yo pasamos el rato charlando y el camino se nos hace más ameno.

Todo es juego y diversiones hasta que noto que el camino frente a nosotras se vuelve gris. La arena del suelo se convierte en ceniza y los árboles, el césped y las flores parecen salidos de una película en blanco y negro. Incluso los ojos de los *marlows* subidos a los hombros de la gente no tienen ningún color. Al igual que su pueblo y las personas que lo habitan.

—Escóndete, Zsabrina. Hay personas grises —susurro. Abro uno de los bolsillos de mi falda y Zsabrina se mete en un salto.

Los grises son personas de piel color gris y odian el resto de los colores. El blanco y el negro los aceptan solo porque son los padres del gris, pero no soportan al resto de los colores. Así que los eliminaron de su entorno.

Todo empezó con un hombre muy triste, tan triste que todos los colores que tenía se le cayeron y solo pudo aguantar el gris, porque pesaba menos.

Este señor descubrió que, si no te emocionabas por nada, nada le decepcionaría. Así que como el **fucsia** era el color de la ilusión, lo eliminaría de sus hijos, de su casa y de su jardín. Descubrió también que, si no era feliz, nada podía ponerle triste, así que eliminó el **azul**. Hizo lo mismo con el **rojo** de la pasión, el **verde** de la esperanza, el **amarillo** imaginación, y así con todos los colores. Hasta que todo el pueblo vivía en una especie de felicidad artificial.

Lo llaman felicidad porque ya no sienten tristeza, miedo o decepción. Pero la realidad es que ya no sienten nada. Están vacíos por dentro. Y ven el color como una amenaza. Color que ven, color que aplastan y trituran hasta que desaparece. Se deshacen de los colores con el arma más poderosa de todas: las palabras.

¿Acaso no son las palabras las que cambian el mundo? Para empezar una guerra, una persona lista convence a muchas personas fuertes de que ellos tienen razón y el enemigo no, y por eso tienen que luchar bajo sus órdenes. Para cambiar el mundo muchas personas en sillas altas discuten acerca de quién tiene la mejor idea. Para mejorar el futuro los profes les cuentan a los niños lo que ha pasado y como se hacen las cosas.

Y para:

Convencer

Discutir

Y contar

Se utilizan **LaS PaLaBrAs,** palabras que se dicen y palabras que se guardan.

Ellas nos hacen sonreír cuando nos halagan o nos cuentan un chiste, y nos hacen llorar si nos dicen algo feo o nos cuentan una historia triste.

Las palabras no son letras inocentes. Cuando se juntan y se ordenan, llevan una intención. Hay palabras puñal que te hacen sangre y palabras caricia que te sanan como un abrazo en el momento adecuado.

También están las palabras contenedor, que como bien dice su nombre, contienen tus emociones. Son frases como: "estoy aquí" o "estoy contigo".

Esta arma del crimen, que no deja rastro, suele ir de la mano de su cómplice favorito: la mirada. Esa mirada que, aunque no dice nada, sabes que significa, que te mira de arriba abajo, que hace que te sientas incómodo.

Y a veces, si dicen cosas feas sobre el aspecto o la forma de ser de alguien, o los miran mal, ese alguien intenta esconderse, cambiar, como los cuadrados. Y eso es lo que utilizan los grises para acabar con los colores. Usan palabras feas y te hacen sentir mal. Así que la gente se echa por encima una capa gris y oculta sus colores, porque a nadie le gusta sentirse mal.

Lo malo es que, cuando llevas la capa mucho tiempo te acostumbras a ella. Al peso sobre tus hombros, a lo asfixiante que es, a no poder moverte. Te acostumbras también a llevar una máscara gris, con una sonrisa dibujada como las que se ponen en los teatros. Y cuando eso pasa, la capa y la máscara poco a poco se convierten en parte de ti y se tragan tus colores. Incluso hay personas que llegan a creer que, a lo mejor, los grises tienen razón.

—¿Estáss zsegura de que quieress hacer esto? —me pregunta Zsabrina.

Yo asiento y respiro hondo.

Ser una persona gris es más fácil, menos arriesgado.

Cuando yo era más chiquitita, y aún cabía por la puerta de las estrellas, había en mi clase un chico gris, de ojos vacíos y sonrisa falsa. Su grisedad ocultaba su enfado con el mundo, y con palabras anzuelo contagió a mis compañeros como una enfermedad hasta que solo quedé yo.

Siempre he sido muy fan de los colores, sobre todo de los míos. Por eso no entendía por qué mis compañeros, con los que antes pintaba las flores, estaban tan empeñados en que yo también me volviese gris.

Estaba convencida de que había hecho algo para hacerles daño, porque cada vez que yo hacía una cosa original y divertida, mis compañeros me lanzaban palabras puñal sin ningún miramiento. Y pensé que:

—Si todos pensaban los mismo, debían tener razón. Porque 30 niños no pueden estar todos equivocados ¿verdad?

—Pues sí, si pueden y suelen estarlo. Pero yo, en ese momento, no lo sabía.

Para evitar que me viesen, cometí el error de ponerme la capa gris intentando que las palabras puñal no me hicieran daño. Empecé poquito a poquito. Primero dejé de manchar-

111

me las manos de colores y me puse unos guantes grises; luego me puse alrededor de la garganta un lazo gris, para que los colores no salieran de mi boca cuando hablaba; me coloqué también la capa gris y un sombrero muy soso para ocultar el color de mi pelo; y, por último, la máscara gris, la de la sonrisa dibujada. Y por poco se tragan todos mis colores. Si no me hubieran salvado las libeluciérnagas, yo ahora sería una niña gris.

Por eso me da tanto miedo pasar por la zona gris, se lo que hacen las palabras puñal y no mola nada.

Camino arrastrando los pies, tratando de calmar mi rápido corazón, y evitar atraer la atención de los *marlows*.

—Podemos hacer esto —me digo a mí misma—, no pasa nada.

Es entonces cuando saco de mi bolsillo mi arma secreta: un paraguas de chocolate. Para cuando me hace falta algo dulce, un poco de energía o necesito que todo me resbale. Me preparo mentalmente, respiro hondo, alzo la cabeza e hincho el pecho como un pavo real que luce sus colores.

Los grises no tardan en aparecer, las madres escandalizadas tapan los ojos de sus hijos al verme pasar, los ancianos se apartan del camino y se ponen a los lados en pequeños grupos cuchicheando.

—¿Has visto qué descarada? —los oigo decir.

—Con tantos colores parece un payaso —murmura un niño.

—No le hagáis caso, solo quiere llamar la atención —dice una mujer apartando a su familia del grupo de espectadores cada vez más grande.

—¡Bicho raro! —escucho. Y veo cómo las palabras puñal resbalan por el lado de mi paraguas de chocolate.

—¡Friki!

—¡Payaso!

—¡Eres patética!

Las palabras puñal han creado alguna pequeña grieta en mi paraguas, pero nada que no se pueda remediar con un poco de fe y confianza.

Al pasar junto a una casa escucho "psst" y me giro. Un hombre chiquito y delgado me mira detrás de su máscara. En sus manos hay doblada una capa gris con una máscara delicadamente colocada encima.

—No pararán hasta que te la pongas —me susurra, ofreciéndome la capa.

—Lo sé —le respondo regalándole una amplia sonrisa.

—¿Y por qué les dejas? —me pregunta desconcertado—.

¿Por qué les permites hacerte daño cuando puedes evitarlo? Solo tienes que esconder tus colores. Eso es todo —insiste—. ¿Acaso no merece la pena el sacrificio?

Yo niego con la cabeza y estiro mi mano hacia él. El hombre me mira confuso y la estrecha.

—Hola, encantada de conocerte. Estos son mis colores ¿y los tuyos?

—¿Qué tienen que ver los colores con quién eres? —me pregunta confundido.

—Si a alguien no le gusta tu nombre ¿lo cambiarias? —le pregunto.

—No —me dice rotundo.

—¿Por qué? —le pregunto.

—Porque es mi nombre, es lo que me diferencia de los demás.

—Mi amigo Shakespeare dijo una vez algo así como que una rosa llamada por otro nombre sigue siendo una rosa. Así que tú, te llames David o Samuel seguirás siendo tú —le explico—. Son los colores los que nos definen, los que siempre están ahí. Los que cambian solo cuando cambiamos nosotros. Son ellos los que nos dan una identidad y nos hacen diferentes. Así que voy a preguntártelo otra vez: ¿Cuáles son tus colores?

Él mira sus manos, cubiertas por unos guantes grises. Mira su cuerpo, y ve la capa gris. Toca su cara y siente la fría mascara bajo las yemas de sus dedos.

—No lo sé —me dice desesperado tratando de arrancar la máscara de su rostro—. ¡Ya no lo sé! —susurra. Cae al suelo arrodillado, mirándose las manos. Sus lágrimas crean en sus delicados guantes grises lunares de gris más oscuro. Yo le miro a la cara y le sonrío. Allí por donde han pasado las lágrimas la máscara se ha resquebrajado. Creando dos enormes surcos, a través de los cuales se puede ver su piel.

—¿Entiendes ahora por qué no merece la pena? —le pregunto.

Él asiente, con la cabeza gacha. Cojo su mano y paso sus dedos por las grietas. Al sentirlas, levanta el cabeza muy rápido y me mira con los ojos muy abiertos.

—Aún hay esperanza —le digo con una sonrisa—. solo tienes que dejarte sentir, dejarte brillar. Y será cada vez más fácil vivir sin la máscara. Ya no tienes por qué esconderte. Llorar nos hace bien, llora lo que necesites, hasta que todos tus colores vuelvan a aparecer.

—Eso haré —me responde entre lágrimas, haciendo más grietas en su máscara.

—Yo solo estoy de paso, saldré de aquí en unas horas. Si quieres puedes venir conmigo, seguro que es más fácil librarte de la máscara sin todos esos juzgones grisáceos.

El hombre niega con la cabeza y me sonríe.

—Esto es algo que tengo que hacer solo —explica—. Y, además, conozco a muchas personas que han perdido de vista sus colores. A lo mejor yo puedo ayudarles a recuperarlos.

Yo me encojo de hombros.

—Como veas —le respondo. Y antes de darme la vuelta le deseo buena suerte y fortaleza, las va a necesitar.

Retomo mi camino, con mi paraguas de chocolate preparado y la cabeza bien alta. Llegados a este punto, no sé si les molestan más mis colores o que los lleve con orgullo. Las palabras puñal son cada vez más fuertes. Mi abuela siempre dice: "a palabras necias, oídos sordos".

Es su manera de decir que no les haga caso, aunque no siempre es fácil. Yo tengo un truco, muy sencillo. Simplemente cojo una canción alegre que me haga sonreír y la tarareo o la canto.

Las notas musicales salen de mi boca y hacen a mi alrededor un escudo contra los malos pensamientos. Según voy avanzando, con una sonrisa en la cara, me doy cuenta de que he empezado a bailar. Cada vez que doy un paso, se crea bajo mis pies un parche de color. Y es que hay veces que cuando uno desprende muchas emociones se quedan pegadas a las cosas a su alrededor. Yo doy vueltas como una peonza, de aquí a allá, de allá a aquí. Y bajo la atenta mirada de los grises voy dejando líneas de colores allí por donde paso y piso.

Ya no oigo sus voces, ni veo sus miradas, porque estoy contenta. Y nadie me va a quitar eso. Antes de darme cuenta he llegado al final del pueblo. Al darme la vuelta veo la marca que he dejado, las trazas de color por el suelo, en las casas e incluso en algunos de los grises a los que he rozado al pasar a su lado.

—¡Eso sí que es una buena obra de arte! —exclamo estirando los brazos.

Una niña pequeña camina por el sendero de colores que he creado. Va recogiendo las piedras que han cobrado color y las guarda en el delantal de su falda que tiene cogido como una bolsa. Las suelas de sus zapatos se han manchado de colores, igual que las manos con las que está cogiendo las piedras. Va con la mirada fija en el suelo, buscando las piedras más bonitas y con más color. No se da cuenta de que ha llegado hasta mí y choca conmigo. Está un poco asustada, pero también llena de curiosidad. Me mira expectante y le sonrío. Busco a mí alrededor gris una piedra pequeña, la cojo y la pongo delicadamente entre mis manos. La aprieto con fuerza y trato de transmitirle toda mi alegría e ilusión. Al abrir las manos la piedra ha adquirido un brillante color dorado.

Ella me mira con los ojos enormes y la boca haciendo una "O". Deja caer las esquinas de su delantal para coger la piedra, haciendo caer todas las demás. Al escuchar caer las piedras se agacha para recogerlas, y ve su delantal blanco cubierto de colores. Todos ellos. Me mira y con una enorme sonrisa me dice:

—GRACIAS.

Supongo que da igual lo que nos hallan enseñado, todos queremos ser especiales.

9

EN CASA

Poco a poco los colores del camino vuelven a mi entorno. Cuanto más me alejo del pueblo de los grises más intensos y vibrantes se vuelven. Entonces me paro y dejo salir el suspiro de alivio al que mis miedos se estaban agarrando como si mi vida dependiese de ello. Y los *marlows*, que aún no se han subido a mi caperuza, se mantienen cerca por si dejo que el miedo me ahogue. Camino y camino, entre los árboles colina arriba, hasta que veo el techo de mi casita. ¡Por fin hemos llegado! Doy dos pequeños golpes en el bolsillo de mi falda donde Zsabrina ha estado durmiendo hasta ahora.

—¡Hemos llegado a casa! —le digo con una sonrisa a Zsabrina.

—¿Ya? —me pregunta somnolienta.

Asiento y sigo el caminito que lleva hasta mi pequeña puerta blanca. Una vez dentro, Zsabrina se pone cómoda en la ventana esperando impaciente la llegada de Croackardo. Yo, mientras tanto, me pongo manos a la obra. Entro en mi armario de los cacharros y entre todos los cachivaches encuentro lo que buscaba. Un caldero, como el de las brujas de los cuentos. Podría usar una olla, pero siempre me ha parecido que los calderos le dan a todo un toque de magia.

La receta de la pintura de estrellas es un secreto, pero daré algún consejo. De entre todos los tarros, tarritos, vasos y vasijas llenos de especias he cogido el que tiene las bayas doradas, cuatro bayas y un cuarto. Se echan algunas enteras y otras se aplastan y se echa solo el jugo. Las hojas de emoción hay que cortarlas en rombos. Una pizca de pasión, unas cucharaditas de polvo de estrellas y un botellín de agua de luna. Luego, con un gran cucharon de madera, se remueve para allá, se mezcla para acá y un par de cositas más y esta lista.

Ya está hecha, no queda ninguna excusa para seguir retrasando las estrellas.

Tengo la sensación de que la habitación se vuelve más pequeña a mi alrededor. Los sofás se acercan, las paredes azules se alzan a mi alrededor como gigantes, y el techo alto y abovedado lo siento más cerca que nunca. El eco del Hoyo de los Rendidos me susurra en los oídos:

—¿Y si fallo otra vez? —susurro mirando como tiemblan mis manos.

—¿Y si se me ha olvidado algo? —digo un poco más alto.

—¿Y si no soy lo suficiente...?

Zsabrina, subida a la mesa delante de mí, me echa agua en la cara con el spray de regar las plantas. FSH, FSH. Las gotas de agua están frías y me sacan de mi cabeza, donde las cosas se estaban volviendo oscuras.

—Eresss una niña lista, hasss consseguido convencer a toda la issla de hacer algo que debería zser impossible —me dice con firmeza—. Eress una niña valiente, te hasss recorrido la isssla dessde el Valle de los Rendidosss, la Montaña Zsombría, las perssonasss de crisstal e incluso los grissesss. Y hasss llegado demassiado lejosss para echarte atrásss ahora, ¿entendido?

120

—Entendido —murmuro sorprendida.

Me quedo mirando la pintura y respiro hondo. Va a hacer falta mucha fuerza y confianza para llevar esto adelante. Vuelvo a respirar hondo y sonrío. ESTOY LISTA.

Una vez con el tema de la pintura resuelto me queda pedirle a las ardillaspincel que me muestren el atajo, al jirafante que me ayude a cargar la escalera y a las libeluciérnagas que alumbren el camino.

¡Vamos viento en popa a toda vela!

10

LA PUERTA

Al terminar la pintura, hay que dejarla un rato reposar bajo la luz de la luna. Así que, Zsabrina y yo nos sentamos junto al fuego. Su mirada no se aleja en ningún momento de la ventana. Y de pronto, grita:

—¡¡CROACKARDO!!

Sale disparada hacia la puerta, yo la sigo con una enorme sonrisa. Me alegra saber que Croackardo está bien. Pero mi sonrisa pronto se convierte en una "O" de sOrpresa.

Croackardo camina junto al Zorro de fuego. Y los dos parecen ser los líderes de una procesión de seres maravillosos. Las libeluciérnagas, con sus cuerpos de libélulas, sus culos brillantes y alas relucientes, vuelan a su alrededor como pequeñas hadas. Detrás de ellos las ardillaspincel con las puntas de las colas llenas de pintura y las lagartirranas juguetean y brincan por el camino. Los jirafantes cierran la fila, sus fuertes patas de elefante crean pequeños terremotos y hacen saltar a las osadas ardillaspincel que juegan entre ellas. Con su cuello de jirafa me miran desde arriba con una sonrisa.

¡Ya están aquí!

Después de presentarnos, nos sentamos todos en círculo y formamos un plan. Las ideas vuelan de aquí para allá buscando la manera más eficaz de lograr nuestro objetivo. Para asegurarnos de que todas las ideas son escuchadas y consideradas, tomamos turnos para hablar hasta llegar a una conclusión.

—Llevaremos la escalera —resumo—. Iremos allí donde pintaron la puerta por primera vez y pintaremos una mejor.

Hemos marcado la ruta en un mapa y estamos casi preparados cuando suena "DING".

Eso significa que la pintura esta lista.

Con la pintura metida en cubos, hemos emprendido el principio del final de nuestra aventura. Las libeluciérnagas iluminan nuestros pasos y nos animan en nuestra misión; las ardillaspincel nos guían y el jirafante me ayuda a cargar la escalera para llegar a las estrellas.

—Es curioso ¿no crees? —le pregunto al Zorro de fuego—. Siempre debí suponer que la creatividad conoce un atajo a las estrellas. O aún más curioso, que este se encuentra entre la esperanza y el esfuerzo.

—Se puede llegar hasta cualquier parte por ahí —dice el Zorro de fuego encogiéndose de hombros.

Y así, siguiendo el rastro que las ardillaspincel dejaban tras de sí (les gusta pintar flores, mariposas y hojas mientras caminan), llegamos a nuestro destino.

Lo llaman el Valle de las Estrellas porque es donde se dibujó la puerta por primera vez. Donde la primera persona que soñó con luces y constelaciones bajó al lienzo de la noche. El valle es verde, un sube y baja de colinas donde las flores imitan la forma y la luz de las estrellas. Donde el aire huele a menta e ilusión, donde los ríos bajan cargados de polvo de estrellas e incluso los conejos, que hacen aquí sus

cómodos agujeros bajo la tierra, tienen pequeñas estrellas dibujadas en su lomo, sus ojos y su nariz.

Colocamos con cuidado la escalera e inmediatamente el viento trata de tirarla abajo.

—¡Otra vez! —grito frustrada—. ¡Qué pesado!

—¡Yo la sujeto! —grita el jirafante sobre el rugido del viento.

—Tendrás que hacer esto deprisa —dice el Zorro de fuego, sentado junto a un cubo de pintura y mirándome con la cabeza ladeada.

—¡No puedo pintar la puerta con tanto viento, se volará la pintura! Tiene que haber otra manera —exclamo desesperada. Y escucho a los *marlows* reírse de mí.

125

—Todo depende de quién quieras que pueda cruzar tu puerta —responde el Zorro con su habitual tranquilidad.

Y entonces se me entrecorta respiración y la angustia juega a hacer nudos con mi estómago. ¿Cómo he podido ser tan egoísta? Estaba tan concentrada en lograr mi sueño que he acabado mirando el mundo a través de unas gafas de "MI". Quería cumplir MI sueño para pintar MIS estrellas y que el mundo se viese a MI manera.

Pero ¿y los demás? ¿acaso no se merecen ellos pintar estrellas? ¿no merecen poder bajar a las estrellas y admirar el mundo en todo su esplendor?

Aunque la pregunta correcta no era ninguna de ellas. No vale la pena revolcarse en remordimiento y culpa cuando se puede encontrar una solución.

Y como dice el Roble, para encontrar una solución no hay que hacerse muchas preguntas, sino hacer la pregunta adecuada. Como encontrar la única llave que abre una puerta.

Y en este caso la pregunta correcta es:

¿Dónde puedo poner la puerta a las estrellas para que todos, no importa cuán grandes o pequeños, la puedan cruzar?

Entonces lo veo claro como el aire, justo frente a mí, en el horizonte dibujando el contorno de la tierra.

—¡Rompe la escalera jirafante! ¡no la necesitamos toda, pero sígueme!

Echo a correr hasta el horizonte, todos mis amigos corren tras de mí haciendo temblar la tierra. Al llegar, le pido al jirafante más alto que enrolle su trompa en mi cintura y me alce para poder pintar la puerta más alta. Con la pintura que lleva Zorro pinto la parte de arriba y las ardillaspincel, subidas a las dos mitades de la escalera, pintan la parte de abajo.

Mientras tanto, las libeluciérnagas rebaten con su positividad los argumentos del viento callando también las risas de los *marlows*. Cuando la lluvia trata de borrar con sus gotas nuestra pintura, las lagartirranas atrapan todas las gotas de agua con sus largas lenguas. Los elementos, desesperados, luchan cada vez con más fuerza. Pero ya es demasiado tarde.

—La puerta está hecha —digo casi sin respiración.

Es una puerta simple, rectangular, ancha, con un pomo, brillando de colores en la linde del mar y el cielo.

Todo cesa a nuestro alrededor, las gotas de lluvia se quedan suspendidas en el aire y el viento aguanta la respiración. En realidad, todos lo hacen. Mirando maravillados la nueva puerta de acceso a las estrellas que brilla con orgullo.

Aún sin soltar el aire y con manos temblorosas giro el pomo de la puerta y la abro. Y ahí está, frente a mí un lienzo listo para ser pintado. Me tiemblas las piernas. Se me para el corazón unos segundos, casi no puedo creerlo. Pocas veces he visto algo más hermoso que el cielo de noche. Cierro los ojos y suelto una carcajada echando la cabeza para atrás, tengo ganas de gritar, de reír, de llorar. Mis ojos se llenan de lágrimas. Lo he conseguido, estoy aquí. Entro por la puerta y el jirafante me pasa un cubo con pintura y unos pinceles. Estoy a punto de empezar cuando una voz hace que me gire.

—¿Qué hacemos con la escalera? —me pregunta el Zorro de Fuego. Yo me encojo de hombros.

—Rompedla y dejadla por aquí en el suelo —le respondo.

—¿Por qué? —me pregunta Zsabrina.

—Esta escalera la he hecho con trozos de otras escaleras, la próxima vez que alguien quiera construir una podrá usar partes de la mía. Con un poco de suerte, mi sueño servirá para cumplir otros —explico, y ella asiente.

Cuando busques la puerta de las estrellas recuerda que está donde la tierra se encuentra con el firmamento. Y si en algún momento decides que quieres pintar estrellas, recuerda que nada ni nadie puede impedírtelo, que siempre hay una manera.

11

LA SONRISA DEL SABIO

Un *sabio* en alguna parte mira al cielo con una sonrisa.

—Lo ha conseguido —le dice al otro *sabio* sentado a su lado. El otro *sabio* sonríe, toma una calada de su pipa de madera y luego deja salir de su boca todas las burbujas.

—Siempre supe que lo haría —dice mirando cómo el firmamento se ilumina.

—¿No crees que fuiste demasiado duro con ella? —el primer *sabio* pregunta.

—No. Es tremendamente cabezota. Pero no apreciaría lo que tiene si no hubiese tenido que luchar por ello.

—Pero no lo ha hecho sola —dice el primer *sabio* con una sonrisa enigmática.

—Pues claro que no —responde el segundo *sabio* soltando burbujas—. Con una misión tan importante iba a necesitar ayuda.

—No sabes cómo me alegra que el Zorro de fuego llegase a tiempo —dice el primero con un suspiro.

—Aunque le mandásemos un poco de ayuda, el acceso a las estrellas hay que ganárselo, amigo mío —dice el segundo *sabio* con una grave carcajada—. Hay que ganárselo.

Si buscas la puerta de las estrellas,
recuerda que está donde la tierra
se encuentra con el firmamento.
Solo tienes que estirar el brazo.

CUENTOS PARA CRECER